極道さんは見守り上手なパパで愛妻家

佐倉 温

22937

角川ルビー文庫

目次

口絵・本文イラスト／桜城やや

閑静《かんせい》な住宅街の一角に、その建物はある。

極道《ごくどう》組織『東雲組《しののめぐみ》』。元々はテキ屋であったことから地域とのかかわりは今も深く、薬物や銃《じゅう》などのシノギをご法度《はっと》にしていることもあって、ある意味では警察よりも地域の治安維持《いじ》に貢献《こうけん》していると言われているが、あくまでも極道組織である。

現在は二代目の東雲吾郎《ごろう》が組長を務めているが、吾郎は心臓に病を抱《かか》えており、実質的に組を率いているのはその息子《むすこ》で若頭《わかがしら》の東雲賢吾《けんご》だ。

次期組長でもある賢吾は、端整《たんせい》な顔立ちと鍛《きた》え上げられた肉体を持つ三十を過ぎたばかりの男盛《おとこざか》りで、彼を一目見た女性は皆恋《みなこい》に落ちると言われるほどに人目を惹《ひ》く。見た目だけではなく才覚もあり、現在の東雲組のシノギのほとんどは、賢吾が若頭の地位に就《つ》いてから成功させてきたものだ。

だがどんなに恵《めぐ》まれた人間にも、一つや二つ、簡単に手に入れられないものというのがあるもので、彼の場合はそれが『初恋《はつこい》』であった。

初恋の相手は雨宮佐知《あまみやさち》。地域にある雨宮医院の三代目で、賢吾とは生まれた時から一緒《いっしょ》の幼《おさな》馴染《なじ》み。色素の薄《うす》い髪《かみ》と、常に潤《うる》んでいるかのような瞳《ひとみ》。そしてその瞳のそばにぽつんとあるほくろが印象的な、すこぶるつきの美形で、彼の前では誰《だれ》しもが平静ではいられなくなる、と言われるほどの色気を持った男である。

そんな佐知に対する賢吾の恋心《こいごころ》がようやく実ったのは、つい最近のことだ。吾郎の隠《かく》し子である史《ふみ》を、賢吾が実子として引き取ったことがきっかけである。

紆余曲折《うよきょくせつ》はあったものの、賢吾と佐知は思いを通わせ、佐知が賢吾の籍《せき》に入る形で、史と三人、名実共に家族となった。

そうして幸せな生活が始まる……はずだったが、そう簡単には行かず、史の伯父《おじ》の来襲《らいしゅう》、賢吾の母である京香《きょうか》の双子《ふたご》妊娠《にんしん》と出産、そして賢吾の記憶喪失《きおくそうしつ》事件など、三人には次から次へと大騒動《おおそうどう》が降りかかる。

だがどんな時でも家族で力を合わせ、それを乗り切ってきたのが東雲家である。大きな問題が持ち上がっても、そのたびに家族の絆《きずな》を深めてきた。

そして佐知と史は正式に東雲組でのお披露目《ひろめ》を終え、佐知も東雲組の次期組長の隣《となり》に立つ者としての覚悟《かくご》を決める。

賢吾と共に生きる。それは東雲組を共に守る、ということでもある。そうした覚悟と共に、賢吾と佐知は新たな生き方を模索《もさく》していく。

これから先、どんな困難が待ち受けているかは分からない。だがどんな時でも二人が共にいることだけは、間違《まちが》いのない決定事項《じこう》である。

そうして日々は、また続いていく。……未来へ向かって。

日曜日の朝。珍《めずら》しく起きてこない賢吾に痺《しび》れを切らした史が、賢吾の寝室《しんしつ》に突撃《とつげき》する。

「いつまでねてるの、ぱぱ！　はやくおきて！」

「ぐえ……っ」

躊躇《ちゅうちょ》なく寝《ね》ている賢吾の上に飛び乗った史が、そのままゆさゆさと賢吾の体を揺《ゆ》らした。史と一緒に寝室に入った佐知は、その姿に思わず笑《え》みを零《こぼ》す。

史がここに来たばかりの頃《ころ》に同じようなことをやらせたことがあるが、あの時はもっと遠慮《えんりょ》がちだった。今では唸《うな》る賢吾にお構いなしで、自分は愛されているという自信に満ち溢《あふ》れている。すっかり変わった史との関係を嬉《うれ》しく思った。

「佐知……っ、今日はゆっくりしようって言っただろ……？」

どうしてもう起きているんだと、恨《うら》めしそうにこちらに向けられる賢吾の視線に、佐知はわざとらしく首を傾《かし》げる。

「そんなこと、言われたっけ？」

正しくは、『明日《あした》はゆっくり寝坊《ねぼう》すればいいだろ？』だ。ニュアンスが全然違《ちが》う。その言葉にうっかり騙《だま》されて、昨夜《ゆうべ》遅《おそ》くに帰宅した賢吾と朝方まで濃密《のうみつ》に過ごしてしまった訳だが、考えてみれば寝坊できるのは賢吾だけだ。佐知が寝坊したら史の朝ご飯はどうなる。

そんな訳で、佐知は眠《ねむ》い目を擦《こす》り、いつも通りの時間に目を覚ました。その時、賢吾は幸せそうな顔でぐうすか眠っていた。佐知だけが起きた。そうだ、佐知は寝坊しなかった。ということはだ。もちろん、賢吾にもこれ以上の寝坊はさせない。俺は間違ってない。

「自分だけ寝坊だなんて、いい御身分《ごみぶん》だよな？」

にこっと賢吾に笑いかけると、長い付き合いの幼馴染みは、その言葉だけで佐知の不機嫌《ふきげん》の理由に思い至ったらしい。いちいち説明がいらないのは、大変結構なことである。

「あー……悪い。起きる、すぐ起きるから」

ばりばりと頭を掻《か》いてから、賢吾がのそのそと起き上がる。布団《ふとん》の上に乗ったままの史はそんな賢吾を見て、にぱっと音が出そうなぐらいに笑った。

「ねえぱぱ、こうえんいこ！」

「……分かった」

まるで死刑宣告《しけいせんこく》を受けたような顔で、賢吾が頷《うなず》く。その姿を満足げに眺《なが》めて、佐知は頭の中でお弁当のおかずを考え始めた。せっかくだから、いつもよりちょっと遠い公園に行こう。ボール遊びができるような大きな公園で、史を賢吾と走り回らせてやるのだ。

睡眠《すいみん》時間は誰にとっても大切である。自分の分だけ削《けず》られた恨みは、決して忘れないのが佐知なのだ。

「なあ、まだ怒《おこ》ってるか？」

「何を？」

お弁当を食べ終え、遊具に向かって走っていった史の背中を見送りながら、佐知は隣に座る賢吾の言葉につんけんとした声を返す。本当のところを言うと、芝生《しばふ》に敷《し》いたシートに座って太陽の光を浴びている間に、もう八割ぐらいはどうでもよくなっている。だがこれから先のために、簡単に甘い顔はしないのだ。

「俺が考えなしだった。本当に悪かった」

「何のことだかさっぱり分からないなあ」

春先の公園は動いていないとまだ少し肌寒《はだざむ》くもあるから、太陽の温《ぬく》もりが心地《ここち》よい。それでも、つい先日まではまだマフラーが必要だったのだ。それを思うと、季節が過ぎるのは本当にあっという間である。

「適当に言ったつもりじゃなかった。まさかお前が俺より先に起きるとは――」

「俺が勝手に早起きしたのが悪いって？」

賢吾を横目で睨《にら》む。今日の賢吾は、珍しく失言が多い。焦《あせ》ったように言葉を探す表情が面白《おもしろ》くて、笑いたくなってしまったのを必死に堪《こら》えた。

「なあ、意地悪言うなよ」

賢吾が弱り切った声でそう言って、ことりと佐知の肩《かた》に頭を乗せてきた。ちくしょう、可愛《かわい》い。一瞬《いっしゅん》許してやりたくなったが、いやいやまだだと顔を引き締《し》める。

「二度としないから」

「絶対？」

「絶対」

賢吾が、すりっ、と肩に頬《ほお》を擦りつける。猫《ねこ》が撫《な》でてと強請《ねだ》るような仕草に、つい、手が賢吾の髪に伸《の》びた。

「甘え上手になっちゃって」

こんな強面《こわもて》の男に甘えられて可愛いなんて思うのは自分だけかもしれない。そうされると佐知が弱いと分かっていて甘えてくるのだから、賢吾はずるい。

生まれた時からずっと一緒の幼馴染み。喧嘩《けんか》ばっかりしながらも、いつだって一緒にいた。ずっとそのままでいるんだと……いや、そのままでいたいと思っていたが、まさか大人になってからこんな関係になるだなんて、想像もしたことがなかった。特に大学の頃は険悪だったので、あの頃の自分が今の二人の関係を知ったら、きっと卒倒《そっとう》したに違いない。

「お前がすっかり俺を飼《か》い馴《な》らしたってことだよなあ」

余裕《よゆう》な態度が癪《しゃく》に障《さわ》って、がしがしと乱暴に頭を撫でる。髪《かみ》をぐちゃぐちゃにされても文句を言うことなく、賢吾は機嫌《きげん》よさげに笑うだけだ。

「あーあ、嫌《いや》な感じ！」

賢吾の頭を押し戻《もど》し、佐知は我が物顔で賢吾の膝《ひざ》に頭を乗せて横になる。

「何がだよ」

今度は賢吾が、佐知の頭をよしよしと撫でてくる。休日の公園で仲良く弁当を食べて、木漏《こも》れ日がきらきらしている木陰《こかげ》でお昼寝《ひるね》なんて、そんなことをする人生が自分に来るとは考えてみたこともなかったし、求めていた訳でもなかった。だが実際に今こうしていると、もう他《ほか》に何もいらない、と言いたくなるほど満たされている自分を感じる。

今になって思えば、子供の頃からずっと賢吾は佐知の特別だった。けれど佐知の中に男と付き合うという選択肢《せんたくし》がそもそもなかったから、そんな想像をしたこともなかった訳だが、ずっと賢吾と一緒に生きていくのだ、とは思っていた気がする。

それでも一度は、賢吾のそばにいるのが嫌で逃《に》げ出した。だけど結局戻ってきたのは、やはり賢吾のそばでしか生きられない自分を無意識に悟《さと》ったからなんだと思う。

でもその頃の自分が望んだ精一杯《せいいっぱい》の賢吾との未来と言えば、あのまま、幼馴染《おさななじ》みとしてずっとそばに居続けること。つかず離《はな》れずの距離《きより》で、それでも誰《だれ》より特別でいたいと、そんな矛盾《むじゅん》したことを考えていたなんて、今考えると自分勝手すぎて笑えてしまう。

あの時の佐知の、後ろ向きな精一杯の幸せをぶち壊《こわ》したのは賢吾だ。賢吾が諦《あきら》めずに頑張《がんば》ってくれたから、今の佐知のこの幸せがある。そう考えると、もうどう考えても賢吾に勝てるはずはないのだけれど、やはり悔《くや》しい気持ちはあった。

佐知だって男だ。賢吾にばかり恰好《かっこ》いいところを見せられると、俺だって恰好いいところはあるはずなんだ、と張り合いたくなってしまうのだ。

「包容力があってー、決断力もあってー、優《やさ》しくてー？　それで甘え上手。最近のお前って、何かもう無敵って感じだよな」

「そうか？」

賢吾が自分にしか見せない優しい表情で笑った。佐知だけの特権。この膝だって、手のひらだって、誰にも譲《ゆず》れない、佐知だけのものだ。そんな風に賢吾のことを強く愛する日が来ることだって、数年前の自分は考えもしていなかった。

人生って不思議だ。その当時はあり得ないと思っていたことなのに、いざこうなってみると、これまで起きた全《すべ》ての出来事が、こうして二人を寄り添《そ》わせるためにあったような気がしてしまう。自ら選び取った道のはずなのに、こうなることが必然であったような、奇妙《きみょう》な既視感《きしかん》。

「そうだよ。何か、お前ばっかりずるいよなあ。俺だって、こう……びしっとさ、男らしく恰好いいところを見せたいのにさあ」

腕《うで》を上げて、賢吾の鼻をぴんと弾《はじ》く。ただの幼馴染《おさななじ》みであった頃《ころ》から、顔だけはいいと思っていた。だがここ数年、賢吾の男ぶりときたらうなぎ上りだ。特に佐知と付き合い始めてからは……なんて思うのは惚《ほ》れた欲目《よくめ》というやつだろうか。

「俺は、お前ほど恰好いい男はいねえと思ってるぞ？」

「うわ、お世辞とかほんといらないんですけど」

賢吾は自分の魅力《みりょく》というものをまったく理解していない。だからそんな馬鹿《ばか》なことを言えるのだ。

「百人に聞いたら百人が、お前のほうが恰好いいって答えるもん」

「うちの組員に聞いたら、百人がお前って言うだろうよ」

佐知のむっと尖《とが》らせた唇《くちびる》を賢吾が摘《つま》む。

「ご機嫌《きげん》取《と》りとかお世辞じゃなく、本気でな。組員だけじゃなく、お前のことを知る人間は皆《みんな》そうだろうよ」

「ほんとに？」

「ああ。ここぞという時のお前の恰好よさを、俺はめちゃくちゃ尊敬してる。ばばあが倒《たお》れた時も、ジーノが史を連れていこうとした時も、お前がびしっと俺に言ってくれたから俺は強くなれただろ？」

「そっか」

京香が倒れた時、動揺《どうよう》した賢吾にビンタしたことを思い出す。それから、自分が本当は父親じゃないことが後ろめたくて、史の伯父《おじ》のジーノが来た時、史に行くなと言えなかった賢吾にはっぱをかけた時のことも。

「あの時のお前、恰好悪かったよな」

「ああ。恰好悪かったな」

賢吾は反論することなく、素直《すなお》に頷《うなず》いた。茶化《ちゃか》したつもりだったのに真面目《まじめ》に返されて、それ以上揶揄《からか》えなくなる。

「今、俺が恰好よく見えるなら、それは全部お前のお陰《かげ》だ。恰好いいお前の隣《となり》にいるためには、俺も恰好よくねえとな」

「じゃあ、俺がいなかったら、恰好悪い賢吾になってたってことか？」

「ああ。そりゃそうだな。恰好つける必要もねえから髭《ひげ》なんか剃《そ》らねえし、服も適当だろ？それでもって、働くのも面倒《めんど》臭《くせ》えから、どっかでヒモでもやってたかもな」

「やだ！」

飛び起きて、そう主張する。想像しただけでものすごく嫌だった。そんな賢吾は許せない。

「俺、ずっとそばにいるからな。だから、ずっとこのまま恰好よくいてくれ」

思わず肩を摑《つか》んで揺《ゆ》さぶった。気をしっかり持て。ヒモだなんて、どう考えてもお前に一番似合わない職業だぞ。いや、ヒモってそもそも職業なのかな？

「ははは。何だよ、どんな俺でも愛してんじゃねえのかよ」

「そりゃ愛してるよ！　でもそれとこれとは別なの！　俺が、そういうお前を見たくないんだってば！」

別に見た目はどうでも構わないのだが、賢吾がそんな風に落ちぶれて生きていくなんて絶対にあり得ない。賢吾はいつでも楽しそうでいてくれないと。

「ねえぱぱ！　ぼく、きょうおにくがたべたい！」

佐知がへにょっと眉《まゆ》を下げていると、滑《すべ》り台を滑っていた史が突然《とつぜん》大きな声を出す。子供というものはいつだって突然だ。賢吾は笑って史に向かって手を挙げた。

「ステーキでも食いに行くか！」

「すてーき!?　やったぁ!!」

史は満面の笑《え》みを見せ、ぴょんぴょんと飛び跳《は》ねながら遊具に戻っていく。

野菜も大好きな史だけれど、最近はめっきり肉食である。保育園の子供達の間で、肉を食べると強くなれるという噂《うわさ》が広がっていると、先日真剣《しんけん》な顔で教えてくれた。まあ、あながち間《ま》違《ちが》ってはいない。バランスよく食べて欲しいとは思うが、食欲旺盛《しょくよくおうせい》なのはいいことである。

『ぼく、おおきくなってさちをまもるからね！』

そう言ってはりきっていた史には悪いが、慌《あわ》てて大きくならないで欲しい佐知だ。見た目の可愛さもさることながら、急いで大きくなられると、服がどれだけあっても足りない。

子供って何でこんなに成長が速いんだろう。同じ服を何年も着ている佐知からすれば、最早《もはや》使い捨てと言っても言い過ぎではないスピードで着られなくなっていく。

初めて会った時の史はまだ小さくて、自分が守ってやらないと、と佐知は強く感じた。けれどそんな史も今では心身ともに強くなり、最近は佐知のほうが精神的に支えられていると感じることもよくある。

ここまで、本当にあっという間だった。あともう少しすれば、史は保育園を卒園して小学校に通うことになる。毎日の送り迎《むか》えがなくなるのは、何だかちょっと寂《さみ》しい。けれどそうして少しずつ佐知と賢吾の手を離れ、史は大人になっていくのだ。

「お前も、肉でも食って元気出せ」

よしよし、と賢吾が佐知の頭を撫《な》でる。

「いつでも俺に肉を奢《おご》れる賢吾でいてくれよな」

「言いたいことは分かるが、それじゃあお前、まるで俺の金目当てみたいだぞ」

「馬鹿だな、賢吾。俺が金目当てなら、今頃《いまごろ》お前はとっくに身ぐるみ剝《は》がれて素《す》っ裸《ぱだか》だぞ」

「はは、違いねえ。お前にならすっからかんになるまで貢《みつ》ぐわな」

「俺が良心的な人間であることに感謝しろよ?」

「はいはい」

「はいは一回!」

「はーい」

返事が気に入らない。今日は賢吾の奢りでたらふく肉を食べてやる。後悔《こうかい》しても知らないからな。

「言っとくけど、まだ今朝のことは許してないからな。デザートもつけて俺を幸せにしてくれないと、絶対に許さないから」

「そんなのでいいのか？　えらくお手軽な幸せだな」

「何だよ、賢吾はいつでも幸せなくせに」

「お。何だ、大きく出たな」

「え？　じゃあ幸せじゃないの？」

俺がいるのに？　意地悪くそう言って笑えるぐらいには、賢吾の愛を信じている。

「お前が機嫌《きげん》を直してちゅうでもしてくれたら、もっと幸せかな」

「図々《ずうずう》しいなあ、賢吾は」

「お前ほどじゃねえなあ」

憎《にく》たらしいことを言う唇を摘《つま》む。不細工な顔になった賢吾に声を上げて笑って、それから仲直りの代わりに唇を――

「ちょうどよかった！」

「うわっ！」

「いてっ！」

突然間近で大声がして、佐知は慌てて賢吾を突《つ》き飛ばす。条件反射って素晴《すば》らしい。

「やや、山田《やまだ》さん⁉」

目の前にいたのは、刑事《けいじ》の山田だった。神出鬼没《しんしゅつきぼつ》が過ぎる。賢吾が記憶喪失《きおくそうしつ》になった件で世話になって以来、時々顔を合わせて話をする関係ではあるが、昼間の公園でのんびり散歩しているようなタイプの人ではないのに。

ばくばくする心臓を手で押さえながら名前を呼んだ佐知を見て、山田は嬉《うれ》しそうにうんうんと頷いた。

「まさかこんなところで会えるなんて！　運命だな！」

今にも佐知の手を取りそうになった山田の手を、賢吾が叩《たた》き落とす。

「何が運命だ。とっとと消えろ」

「頼《たの》みがあるんだ！」

「断る」

「まだ何も言ってないぞ？」

「てめえが持ってくる話はろくなもんじゃねえ」

「まあまあ、そう言わずに」

ものすごく嫌《いや》そうな顔をする賢吾とは対照的に、山田はにこにこと嬉しそうに賢吾に近づいた。ぼさぼさ頭にくたびれたスーツ姿はいつも通りだが、今日の山田には普段《ふだん》とは明らかに違う部分がある。

「こいつは何だ」

賢吾が指を差したのは、山田の足元でお座りをした犬だ。

オールドイングリッシュシープドッグ。特に犬に詳《くわ》しい訳でもない佐知が犬種を知っているのは、以前観に行った舞台《ぶたい》に出ていた姿が可愛《かわい》くて、家に帰ってから思わずインターネットで画像検索《けんさく》をしまくったからだ。

もふっとしか表現しようがないほどにもふっとした毛並みの、白と灰色が混ざったぬいぐるみのような外見の大型犬。髭のように伸《の》びた顔周りの毛は、どこかサンタクロースを思わせる。とにかく可愛い。できればもふっとしたいが、賢吾の機嫌が悪いので我慢《がまん》した。

「え？　お前、犬を知らないのか？」

「知ってるに決まってるだろ！　何でてめえが犬を連れてんのかって聞いてんだよ」

「そうなんだよ。さすが東雲組の若頭《わかがしら》は目の付け所が違うなあ。これにはかくかくしかじかで深い深い訳があってな」

「説明する気ゼロじゃねえか」

「ねえさち、かくかくしかじかってなぁに？」

山田を見つけて走ってきた史が首を傾《かし》げる。

小説や漫画《まんが》で説明部分を端折《はしょ》るために使われる言葉を、まさか現実の生活の中で聞くとは思わなかった。説明のしようがなくて、佐知は曖昧《あいまい》な笑みを史に向けるしかない。

「という訳で、ほい」

そんな佐知の戸惑《とまど》いと賢吾の不機嫌をものともせず、山田はにこにこ顔のまま、犬と繋《つな》がるリードの先を賢吾に手渡《てわた》した。ほとんど無理やりに。

「は？」

「いやあ、助かったわー。こう見えても俺、今まだ勤務中でな？　犬連れて犯人を追う訳にもいかないしで参ってたんだよ。ここで会ったのも何かの縁《えん》だ。しばらく預かっといてくれ」

「ふざけんな。うちはペットホテルじゃ——」

賢吾が山田につき返そうとした犬のリードを、横からかっさらう素早《すばや》い手。……それは史のものだった。

「え!?　わんちゃん、うちにくるの!?　ぼく、おさんぽしたい！　ねえやまださん、いいでしょ？　ぼく、ぜったいにひもをはなさないから！」

これまで見た中でも一番、というぐらいに瞳《ひとみ》をきらきらと輝《かがや》かせる史の姿に、山田が大きく頷《うなず》く。

「おお、いいぞ。存分にお散歩させてやってくれ」

「おいっ」

賢吾はリードを取り返そうとしたが、史の行動のほうが早かった。

「わんちゃん、いこ！」

「わん！」

史は犬にそう話しかけ、嬉しそうに駆《か》け出していく。

「こうえんのなかでおさんぽさせてるね！」

「よろしくー」

にこやかに史に向かって手を振《ふ》る山田を賢吾が睨《にら》みつける。

「てめえ、勝手なことをしてんじゃねえぞ」

「まあまあ賢吾。山田さんには事故の時にお世話になっただろ？」

佐知が山田と知り合ったのは、賢吾が記憶喪失になった時だ。あの時は色々あったが、裏で上手《うま》く立ち回って諸々《もろもろ》を収めてくれたのは山田だったと聞いている。

「はあ？　世話になんかなった覚えはねえ。いつも迷惑《めいわく》をかけられてるほうなんだよ、こっちは」

「ははは、ひどい言い草だなあ。ほら見ろよ、東雲。あんなに楽しそうに遊んでるあの子に、今すぐ返せって言えるのか？　お前、鬼《おに》だなあ」

「誰《だれ》のせいだっ」

全員の視線が、公園の中で遊ぶ史に向く。リードを持ったままで史がぴょこぴょこと跳《は》ねれば、犬もつられてジャンプする。史は声を上げて笑いながら、それを何度も繰《く》り返していた。

動物が好きなのは知っていたが、あんなに喜ぶとは思わなかった。

だが考えてみれば、保育園にいる時以外の史は、ほとんど大人に囲まれて生活をしている。楽しそうに生活しているように見えても、思い切り遊んだりするには力不足だったかもしれない。佐知などは最近めっきり体力が落ち、史の全力疾走《しっそう》には付き合えない。我慢させていたのかもなあと情けなく思った。

おまけにあの犬の風貌《ふうぼう》は、まるでぬいぐるみみたいだ。それが史の子供心をがっちり摑《つか》んだのだろう。

「あの子は、山田さんが飼っているんですか？」

「いや、知り合いの犬なんだ。急に預かってくれと言われたんだが、今はこっちも犯人を追っている最中だから途方《とほう》にくれてたんだよ」

「そうなんですか」

「そうなんだ。だから、悪いけどよろしく頼むな」

「え？」

ぽんと肩《かた》を叩かれ、佐知が顔を上げた時にはもう、山田は走り出していた。

「ほんと、ありがとうな！　ちゃんと後でまた連絡《れんらく》するから！」

「え、ええ⁉」

ありがとうとはどういうことだ。山田が困っているのなら少しの間ぐらい預かってもいいのではないか、と思ったことは事実だが、まだ一言も了承《りょうしょう》した覚えはない。

ってしまった。

「行っちゃった、な……」

脱兎《だつと》のごとく、とはまさにこのことで、止める暇《ひま》もなく、山田はあっという間に見えなくなってしまった。

「何か、ごめんな？」

「何でお前が謝るんだ」

「だって、山田さんは俺が了承したって勘違《かんちが》いしたみたいだし」

一言もそんなことを言ったつもりはなかったが、可愛いなと思う気持ちが態度に出てしまっていたかもしれない。

「違《ちげ》えよ。あの野郎は勝手にそういうことにして逃《に》げただけだ」

賢吾の大きな手が、佐知の髪《かみ》をくしゃりと撫《な》でる。

「こっちのほうこそ悪《わり》ぃな。せっかくの休みだってのに、これでステーキを食いに行けなくなったぞ」

「はは。まあ、いいじゃん。史が楽しそうだし」

犬とじゃれて遊んでいる史は、ステーキを食べると瞳を輝かせていた時よりも数倍楽しそうにしていた。史が幸せであることが一番だ。

「お前は？」

「あの野郎《やろう》……っ」

「俺？」

佐知はふっと笑って、賢吾の腕《うで》に腕を絡《から》ませる。

「俺は、お前がこうやってそばにいてくれれば、それだけでいつだって幸せだよ」

「おかしいな。さっきまでは怒《おこ》っていたと思ったが」

「夢でも見たんじゃないのかー？」

「そうかー、夢かー」

賢吾の手が、佐知の髪を今度は手荒《てあら》くぐしゃぐしゃにする。

「やめろってばっ」

「可愛いことを言うようになったじゃねえか、この野郎」

「ごめんってば、あははっ」

「まあ、ステーキはお預けだな」

「うん。俺は別に寿司《すし》の出前を頼んでもいいよ？　特上な」

佐知がにこっと賢吾に笑いかけると、賢吾は一瞬《いっしゅん》ぽかんとしたが、すぐに「はいはい」と頷いた。

「特上寿司な」

「ウニとイクラ多めで！」

元々はウニもイクラも好きじゃなかったのに、賢吾に連れていかれたお寿司屋さんで食べたものがあまりにも美味《おい》しくて、それ以来すっかり好物になってしまった。

今日は休日だ。たまには食事作りを休んだって罰《ばち》は当たらない。ステーキと決まった時点でもう作る気はなくなっていたのだ。今更《いまさら》また夕飯のメニューを考えるぐらいなら、賢吾に奢《おご》らせよう。

そんな風に思えるぐらいには、賢吾との関係に余計なプライドがなくなった。以前の佐知なら、自分だって男なんだから賢吾に奢られるなんてよほどのことがない限り嫌《いや》だと思っていたが、今では持ちつ持たれつ、使えるものは親でも使え、賢吾なら尚更《なおさら》、という精神が根付いてきている。

「はー、お寿司楽しみだなあ」

夕飯の心配もなくなったところで、佐知はまたごろんと横になった。予想外の展開ではあるが、とにかく史にとって楽しい休日になることが第一だ。犬と仲良く走り回っている史を微笑《ほほえ》ましく眺《なが》めて、佐知と賢吾にとっても楽しい休日に……なるはずだったのだが。

「おいクソガキ！　その犬を寄越《よこ》せ！」

賢吾の膝枕《ひざまくら》でうとうとしていた佐知がその異変に気づいたのは、突然怒声《とつぜんどせい》が聞こえたからだった。

「だめ！　ぜったいひもをはなさないっておやくそくしたもん！」

興奮した犬が、激しく吠《ほ》える。佐知が怒声の出所を見つける前に、賢吾はすでに立ち上がっていた。どんな時でも史から目を離《はな》さない賢吾は、とっくに異変に気づいていたらしい。

親子連れが多い休日の公園には不似合いな柄《がら》の悪い連中が、史から無理やりに犬のリードを取り上げようとする。

佐知は慌《あわ》てて、すでに走り始めている賢吾の後ろを追いかけた。離れたところで護衛をしていた組員達は賢吾に動きを止められたようで、ハラハラとした表情を見せながらも持ち場から動けずにいる。休日の公園はただでさえ人が多い。組員達が出ていけば、すわ抗争《こうそう》かと誰かに通報されかねない。

相手は見るからに極道《ごくどう》だ。東雲組が今どこかと揉《も》めているという話は聞いていないが、基本的にはずっと揉めているのが極道である。史を誘拐《ゆうかい》でもするつもりかと、佐知は伊勢崎《いせざき》から教えられた護身術を思い出す。もしもの時は、自分も闘《たたか》うためだ。

「このクソガキ！　舐《な》めてっとてめえの親ごとブチ殺して――」

「ほう。昼間から物騒《ぶっそう》だな」

賢吾の声に驚《おどろ》いて、男達がぱっとこちらに振り返った。人相は悪いが、これまで東雲組の幹部連中を見てきた佐知から言わせると貫禄《かんろく》が足りない。明らかに下っ端《ぱ》だろう。

「ぱぱ！」

史が犬を連れて賢吾の背後に隠《かく》れる。

「このひとたち、きっとわるいひとたちだよ！　ひとのものをとろうとするのはどろぼうだもん！」

「何だと！　このクソガキがっ」

いかつい男に睨《にら》みつけられても、普段《ふだん》からいかつい男達に囲まれて生活をしている史はへっちゃらだ。あっかんべーと舌を出し、さっとまた賢吾の背後に隠れた。

「どうも、俺が父親です。ここにいる可愛《かわい》くて賢《かしこ》い子供は俺の息子《むすこ》だが、俺ごとどうしてくるって？」

賢吾はにっこり笑ってそう言った。男は一瞬だけ眉間《みけん》に皺《しわ》を寄せたが、すぐに何かに気がついたような顔をして、ひっと情けない声を上げて後ずさった。それにしても、笑っていても怖《こわ》いなんて、やはり賢吾は極道になるために生まれてきたような男だな、と佐知は妙《みょう》なところで感心する。

「お、お前っ……い、いや、あなたは、もしかして……東雲組の……？」

「お前らなんかにいちいち名乗ってやる必要があるのか？　名刺《めいし》が欲しけりゃ土下座でもして頼《たの》んだらどうなんだ」

控《ひか》えおろう、ここにおわすお方をどなたと心得る。……有名な時代劇の決め台詞《ぜりふ》が、思わず頭に浮《う》かんだ佐知だ。

「い、いえっ、別にそんなつもりじゃ……っ、ただ、その犬が捜《さが》してる犬と似てたんで、その……」

「犬？」

賢吾の眉《まゆ》がぴくりと動く。

「い、いえっ、何でもありませんっ！　人違いっ、いや！　犬違いだったみたいなんで！」

「おい、いいのか!?」

「馬鹿野郎《ばかやろう》っ、東雲組の若頭《わかがしら》が、あんなやつの犬を連れてる訳がねえだろっ」

「だからって何でぺこぺこ頭なんか下げてんだよ、東雲組って言えば、うちとは敵対――」

「黙《だま》ってろ！　俺達みたいな下っ端が後先考えずに揉めていい相手じゃねえんだっ」

男達は小さな声で会話をしてから、賢吾に向かって頭を下げた。

「お、お騒《さわ》がせしてすいませんでした！」

「犬捜しだか何だか知らねえが、いい年したおっさんがガキ相手に凄《すご》むなんてみっともないことしてんじゃねえぞ。分かったらとっとと消えろ」

「は、はいっ！」

賢吾の言葉にあからさまにほっとした顔をして、男達はゴキブリもかくや、という速さであっという間にいなくなった。

一体何だったんだ。佐知は首を傾《かし》げたが、賢吾はちっと舌打ちをする。

「あの野郎……やっぱり厄介事《やっかいごと》じゃねえか」

「賢吾？」

「おい史、リードを渡《わた》せ。その犬、今すぐ山田の野郎に返してくる」

「だめ！」

史は慌ててリードを持った手を背中に隠す。

「だって！　だって、やまださん、おしごとちゅうだっていってたもん！　ぱぱ、おしごとちゅうはじゃましたらだめだっていうでしょ⁉　だから、やまださんのおしごとがおわるまではだめ！」

「史、その犬はたぶん何か面倒事《めんどうごと》に巻き込まれてる。そいつといたら、またさっきみたいなやつに絡まれるかもしれねえんだぞ？」

賢吾の言葉にはっとした。考えてみれば、犬を預けられてすぐに犬を捜している連中に出くわすなんておかしい。

「だったら、もっとだめ！　ぼくたちといっしょにいたら、ぱぱがまもってくれるでしょ⁉　やまださんがむかえにくるまで、ぼくたちがまもるの‼」

史はこうと言い出したら聞かない頑固《がんこ》なところがある。今がまさにその時だ。絶対に渡さないとリードを胸に抱《だ》きしめて賢吾を睨む史の隣《となり》で、犬が賢吾に向かって唸《うな》る。この短時間で、犬と史はすっかり仲良くなったらしい。

「ちょっと二人共、その続きは家に帰ってからにしよう」

佐知は小声で二人にそう提案した。

「連れて帰れって言うのか？」

「いつまでもここで揉めてる訳にはいかないって」

賢吾はほんの一瞬《いっしゅん》視線を周囲に彷徨《さまよ》わせ、それから小さくため息を吐《つ》く。公園にいる人々の視線がこちらに突《つ》き刺《さ》さっている。

「どちらにしろ、その犬が何かトラブルに巻き込まれてるなら、あまり目立つところにいないほうがいいだろ？」

「…………」

賢吾はまだ不満そうだったが、もう絶対に離れないとばかりに犬にぎゅっと抱きついた史の様子を見て、ようやく諦《あきら》めたような声で「分かった」と言った。

「ただし、すぐに山田に返すからな」

「おしごとがおわってからだもん！」

「わん！」

賢吾はまだ史に何か言いたそうにしたが、佐知は慌てて賢吾の腕《うで》を取り、「ほらっ、早く帰ろう！」と促《うなが》す。

何だか面倒臭《めんどうくさ》いことになったたな。そうは思ったが、この後巻き起こる嵐《あらし》にはまったく気づいていなかった。……この時はまだ。

賢吾に呼び出された山田が東雲組にやってきたのは、その日の夜のことだった。

「どうぞ」

「お、悪いね。何だ、この時間ならお姫《ひめ》さんのパジャマ姿でも拝めるかと期待したのに、ガードが堅《かた》いなあ」

居間に通された山田は、物珍《ものめずら》しそうに部屋の中をきょろきょろ見回してから、佐知が出した緑茶に口をつける。

確かにもう夜も遅《おそ》い。風呂《ふろ》にだってとっくに入ったから、本来なら佐知もすでに浴衣《ゆかた》姿の頃《ころ》である。だが、山田に浴衣姿を見せるなんてとんでもないと怒《おこ》り出した男に、わざわざシャツとデニム姿に着替《きが》えさせられたのだ。

「とっとと迎《むか》えに来いと言っただろうが」

「俺だって暇《ひま》じゃないんだよ」

「被害者面《ひがいしゃづら》すんじゃねえ。そもそもてめえが犬を押しつけてきたのが悪《わり》ぃんだろうが」

すでに風呂と夕飯を終え、浴衣姿で一杯《いっぱい》やっていた賢吾が、手酌《てじゃく》で注《つ》いだ酒を呷《あお》って吐き捨てる。

「ぱぱ！　いぬじゃないよ！　まりあちゃん！」

山田の隣に座った史が、賢吾の言葉に目くじらを立てた。先に寝《ね》るように言ったのだが、どうしても山田が来るまで起きていると言い張り、パジャマ姿のままでずっと山田を待っていたのだ。

「あ、その犬、マリアって名前だったのか？」

史の背後でおとなしく寝そべっていたマリアが、山田の口から出た自分の名前に反応して「わふっ」と小さく返事をする。

マリアはとてもいい子だ。躾《しつけ》がしっかりしているのか、それとも元々の性質なのか、問題行動を起こすこともなく、常に穏《おだ》やかに過ごしている。それでもやはり、人の気配がすると耳をそばだてて足音を聞いたりしているので、飼い主の不在を気にはしているようだ。

マリアを見ていると、佐知は出会ったばかりの頃の史を思い出してしまう。本当は不安でいっぱいだったのに、それを必死に隠し、おとなしくいい子にしていたあの時の史を。

「名前も知らねえのかよ。ますます怪《あや》しいじゃねえか。どっから連れてきた犬なんだ」

犬の名前が分かったのは、史が首輪についているプレートに気づいたからだった。マリアという名前の響《ひび》きが自分の母のアリアと似ていると言って、史はより一層マリアのことを気に入り、もうほとんどずっとべったりである。風呂に入る時ですら、自分がいない間に賢吾にどこかに連れていかれては大変だと、脱衣《だつい》所でマリアを待たせていた。

「何だよ、犬を一匹《いっぴき》預かるぐらいいいだろ？　ここには組員もいっぱいいるんだし、世話ぐらいできるだろうに」

若頭補佐《ほさ》で、東雲組の実務のほとんどを担《にな》っている伊勢崎晴海《はるみ》が聞いたら激怒《げきど》しそうな台詞《せりふ》だ。東雲組で何かが起こった時、まず最初に対応に追われるのは、大抵《たいてい》の場合は補佐の伊勢崎である。実際、今日も犬を連れ帰ることが決まった時点で伊勢崎に電話をかけてキレられたばかりだ。

それでも、仕事のできる補佐はすぐに組員達に指示をしてくれたらしく、帰宅する頃にはペットグッズがちゃんと届けられていた。……だがしかし、そう言えば今日は本人を一度も見ていないな、と今更《いまさら》気づく。

伊勢崎は佐知と賢吾の高校時代の後輩《こうはい》で、今は賢吾の若頭補佐としてそばにいてくれるが、元々は誰《だれ》かの下で働くようなタイプの人間ではなかった。高校の頃からとても優秀《ゆうしゅう》で、将来はおそらく自ら起業でもするのだろうな、と佐知は思っていたのだが、初恋《はつこい》の相手である小刀祢《ことね》舞桜《まお》を賢吾に助けてもらったことに恩を感じ、それ以来ずっと賢吾に仕えている。

もしかしたら、今日見かけないのも賢吾に厄介事を押しつけられたせいかもしれない。

「うちはペットホテルじゃねえんだよ。世話ができるからって何で預からなきゃいけねえんだ。そもそも、そういう問題じゃねえだろうが。お前からこの犬を押しつけられてすぐに、よその組員に因縁《いんねん》をつけられたぞ？」

「へえ、天下の東雲組の若頭《わかがしら》に因縁をつけるなんて、どこの無鉄砲《むてっぽう》だ？」

「茶化《ちゃか》しても誤魔化《ごまか》されねえからな。お前に犬を押しつけられた直後に、よその組が血眼《ちまなこ》になって犬を捜《さが》してるのに遭遇《そうぐう》するなんて、そんな偶然《ぐうぜん》がある訳ねえだろ」

「ははは。さすがに東雲に声をかける勇気のある馬鹿《ばか》はいないと思ったんだがなあ」

山田が暗に賢吾の言葉を肯定《こうてい》した。半ば予想していたことではあるが、賢吾は不機嫌《ふきげん》そうに顔を顰《しか》める。

「この犬は何だ。何で極道《ごくどう》に追われてんだ」

「実はこの犬、俺のSの犬でさあ」

「えす？」

史が首を傾げる。佐知にも分からなかったので、一緒《いっしょ》になって首を傾げた。

「Sってのは、警察に捜査《そうさ》協力をしてくれる、ありがたい一般《いっぱん》人のことだよ」

「何がありがたい一般人だ。要はスパイだろうが」

「スパイ？　変装して組織に潜入《せんにゅう》したりする、あの……？」

そんなのはドラマや映画の中だけのことだと思っていた。何か恰好《かっこ》いい。佐知と史が瞳《ひとみ》を輝《かがや》かせたのを見て、山田が困ったように苦笑《くしょう》した。

「いやいや、そんなにすごいやつじゃない。ただ単に、仕事してる間に気がついたことなんかを報告してくれるだけの、軽いやつだ」

スパイにも重いとか軽いとかがあるのか。佐知が素直《すなお》に感心していると、賢吾がふんと鼻を鳴らす。

「その軽いやつの犬が、何で追われてんだよ」

「いやあ、その犬の飼い主は健太《けんた》って言うんだけど、いきなりいなくなっちゃって」

「いなくなった？」

「大事な話があるからどうしてもすぐに会いたいって言われてあいつの家に行ったら、もうもぬけの殻《から》。慌《あわ》てて逃《に》げたような形跡《けいせき》と、この手紙があった」

山田が内ポケットから出したのは、ぐしゃぐしゃの紙だ。それを手で丁寧《ていねい》に伸《の》ばすと、そこには書きなぐったような汚《きたな》い字でこう書かれていた。

『つれていけないのでよろしくたの』

おそらく、よろしくたのみます、と書きたかったのだろう。途中《とちゅう》で文章が終わっているのは、それだけ時間がなかったということか。

「どう考えても面倒事《めんどうごと》じゃねえか」

賢吾は顔を顰めて紙をぐしゃっと鷲摑《わしづか》み、山田の顔にぶつけた。

「逃げた理由は分からないが、どうも岸田《きしだ》組の連中があいつを捜しているらしい」

「岸田組だと？」

「お、興味が出てきたか？　そう、一時期佐野原《さのはら》組のカワイコちゃんにちょっかいをかけてた、あの岸田組だよ」

「佐野原組って……椿《つばき》さんの……？」

佐野原組といえば、京都にある、東雲組傘下《さんか》の中でもそれなりに大きな組である。現組長の佐野原椿とは顔見知りで、前組長である椿の父親は今、佐知の後見人となっていた。

「その時のいざこざで、東雲組とは今も水面下でバチバチの関係だと聞いたぞ？」

「別に。ただ、うちのシノギの邪魔《じゃま》をしようとした時には、それなりの罰《ばつ》を受けてもらったがな」

「おお、怖《こわ》い怖い。これだから極道は」

「無駄《むだ》話はいい。それよりお前、岸田組に手を出すつもりなのか？」

「勘違《かんちが》いするなよ。別に俺が健太に探《さぐ》らせてた訳じゃない。あいつが勝手に何かを掴んじまったらしいな。たぶん岸田組がその犬を捜してるのは、健太を誘《おび》き出すためだ。健太がその犬を溺愛《できあい》してるのは、あいつの知り合いの中では有名だからな」

「で？　お前はそれを分かっていながら俺に押しつけた訳だ？」

「しょうがないだろ。俺にその犬を守り切れると思うのか？」

「知らねえよ、そんなことは」

「相手は極道だぞ？　目には目を。歯には歯を。極道には極道を、って言うだろ？」

「言わねえよ」

「なあ、頼《たの》むよ東雲。まさかそんなに岸田組が怖いのか？」

「そんな安い挑発《ちょうはつ》に乗ると思うなよ。とっとと連れて帰れ。くだらねえことに巻き込むんじゃねえ」

賢吾は何より佐知と史が危険に巻き込まれることを危惧《きぐ》している。それが分かるから、佐知は口を挟《はさ》めずにいた。

不穏《ふおん》な空気を感じているのか、寝そべって知らん顔をしているように見えるマリアの目が、密《ひそ》かに賢吾のほうを向いている。犬はとても賢《かしこ》い生き物だ。自分のことを話しているのが分かっているのかもしれない。

「そう言わずに。お前だって知ってるだろ？　俺は仕事が恋人《こいびと》の寂《さみ》しい独り身なんだよ。そもそも犬の面倒なんか見られる訳ないだろ」

「開き直るな。お前の都合なんか知ったことか」

「分かった。じゃあこうしよう」

「断る」

「いやいや、ほんとにこれはお買い得な話だから」

「詐欺師《さぎし》がよく言う台詞《せりふ》だろうが」

賢吾と山田の押し問答を黙《だま》って聞いていた史が、唐突《とうとつ》に言った。

「ねえ。まりあのかいぬしがみつからなかったらどうなるの？」

「まあ、そりゃあ……最悪は保健所かな」

「ほけんじょ？」

「おいこら、余計なことを言うな」

賢吾の制止を無視して、山田が大袈裟《おおげさ》な身振《みぶ》り手振りで話を続ける。

「そうなんだ。悪いことをした訳じゃないのに檻《おり》に閉じ込められて、新しい飼い主が見つかればいいが、もし見つからないと……」

そこまで言って、山田は不自然に言葉を途切《とぎ》れさせた。

「おいっ」

「みつからないと、どうなるの？」

史の問いに、山田は待ってましたとばかりにわざとらしく悲しそうに首を振ってから顔を背《そむ》ける。それ以上の言葉がなくても、史にはマリアの行く末が分かってしまったのだろう。史の顔からさあっと血の気が引くのが分かった。

「そ、そんなのだめだよ！」

史は慌ててマリアを抱《だ》きしめ、目に涙《なみだ》を溜《た》めてぶんぶんと首を振る。佐知は、山田が史に見られない位置でにやっと口元を引き上げたのを見逃《みのが》さなかった。……知能犯だ。

「そうだよなあ、駄目《だめ》だよなあ。俺だって、飼い主にさっさと返してやりたいよ？　でも、飼い主が見つからないんだからしょうがないんだ」

「ちょっと山田さん、いくら何でもそういうやり方は――」

たまらず佐知が口を挟もうとしたが、史がそれを大きな声でかき消す。

「かいぬしさんいないの？　まりあをおいてっちゃったってこと!?」

「そうなんだよ。家はもぬけの殻でさ。慌てて出て行った形跡があったから、連れて逃げられなかったのかもなあ」

「………」

史がむっと唇《くちびる》を噛《か》みしめて黙り込んだ。

「史？」

「ねえぱぱ、まりあを、うちのこにしよ」

史の言葉に佐知は驚《おどろ》いたが、賢吾はそれを予想していたようだった。

「駄目だ」

きっぱりとした賢吾の言葉が意外で、佐知は息を呑《の》む。マリアが面倒事に巻き込まれている以上、賢吾がすんなり飼うことを許可するとは思わなかったが、いつもの賢吾なら、もう少し史に分かりやすく、駄目な理由を説明するはずだった。

「ぼくがちゃんとおせわするから！　ぱぱにめいわくかけない！」

「絶対に駄目だ」

「どうして!?」

「どうしてもだ」

「ぱぱのわからずや！」

史がどんっとテーブルを叩《たた》く。普段《ふだん》はあまりそんな暴力的なことをしない史なので、思わず佐知の体がびくっと震《ふる》えた。驚いたのはマリアも同じだったようで、起き上がって背後から史の顔を覗《のぞ》き見る。

「うちはおおきいでしょ！　このこがふえたって、おうちせまくならないのに！」

マリアは確かに面倒事に巻き込まれているのかもしれないが、このまま本当に山田に返してしまっていいのか、という気持ちは佐知にもあった。

山田がどんなところに住んでいるのかは知らないが、一人暮らしだと言っていたし、刑事《けいじ》という仕事を考えたら確かに大型犬を飼うのは難しいだろう。

東雲家には大きな庭もあり、人もたくさんいる。犬が一匹《いっぴき》増えたって、誰《だれ》も文句を言う者はいないだろうし、むしろ喜ぶ者だって――

「動物を飼うってのは簡単じゃねえ。そいつの命を背負わなきゃいけねえ覚悟《かくご》がいる。いいか史、そいつは十年、いやもしかしたら三十年ぐらい生きるかもしれねえ。お前はその間毎日そいつの散歩をして、飯を食わせて、健康管理に気を遣《つか》わなきゃいけねえんだぞ」

「で、できるもん！」

「お前がもし飽《あ》きて、そいつの世話をおざなりにしたら、そいつは簡単に死んじまう。たとえ熱が出ようが怪我《けが》をしようが関係ねえ。そいつの命を丸ごと背負う覚悟が本当にお前にあるのか？」

賢吾の言葉に、はっとさせられた。犬ぐらい飼ってやればいいんじゃないかと、軽く考えてしまっていたことを反省する。確かに賢吾の言う通りだ。動物を飼うということには責任が伴《ともな》う。可愛《かわい》いだけでは飼えない。犬だって自分だって、いつまでも健康でいるという確証はないのだ。

「あ、あ……あるもん……」

史にしてはかなり強情《ごうじょう》だ。今更《いまさら》後に引けないということもあるのだろうし、マリアのために引きたくないという気持ちもあるのだろう。山田が悪い。あんな言い方をされたら、自分が見捨てたらマリアはもう終わりなのだと、史がそう思ってしまっても仕方がない。いや、むしろ山田の狙《ねら》いはそれなのだ。

「そもそも史、そいつには飼い主がいる。お前の一存では決められねえ」

「だって！　まりあのことをすてちゃったんでしょ!?　そんなのかいぬしじゃないもん！」

「お前はそうでも、その犬はお前より飼い主のそばにいたいかもしれない」

「…………」

史はぐっと言葉に詰《つ》まったが、言い返せないだけで、決して納得《なっとく》している顔ではなかった。こうなってしまったら、史は簡単には引かない。誰に似たのかと思ったが、そこを突《つ》き詰めると藪蛇《やぶへび》になりそうなのでやめることにする。

「とりあえずは、飼い主を捜《さが》してみよう。その子をどうするかは、その後の話だろう？」

これ以上話しても平行線だ。一度仕切り直させることにして、佐知はストップをかけた。だが、その言葉に山田が嬉《うれ》しそうに反応する。

「え、飼い主捜しを手伝ってくれるのか⁉　俺はあまり表立って動けないから、本当に助かる！　悪いなあ、東雲」

「……っ」

捜してみよう、なんて簡単に言ってしまったのは佐知なのに、にやにやした山田が声をかけた相手は賢吾だった。佐知が捜すと言い出せば、実質捜すのは賢吾になる。それを誰より分かっているから、賢吾はむっとした顔で黙り込んだ。

「ち、違《ちが》うんですっ、俺は別にそういうつもりじゃなくて……っ」

ああ、俺の馬鹿《ばか》。どうしてすぐに軽々しくそういうことを言ってしまうのか。後悔《こうかい》してももう遅《おそ》い。

「わかった、ぼくもさがす」

「え？」

「まりあのかいぬしをみつけて、まりあをぼくのかぞくにするってちゃんという」

「いや、だから、ちゃんと言うとかそういうことじゃなくて、飼い主さんにだってきっと事情が……っ」

「ぼくもうきめたから！　いこ、まりあ！」

「わん！」

「あ、こらっ、史！」

呼び止めても振り返ることなく、史はマリアと一緒《いっしょ》に居間を出て行ってしまった。たぶん、自分の部屋に逃《に》げ込んだのだろう。

「てめえ、よくもやりやがったな」

「目的のために子供を使うなんて、さすがに卑怯《ひきょう》ですよ」

賢吾と佐知は山田に非難の目を向けたが、山田は知らん顔だ。

「家庭内の揉《も》め事は家庭内で解決してくれないと。警察は民事不介入《ふかいにゅう》だからな」

「無理やり介入して揉めさせといて何言ってやがる」

山田なりに必死なのかもしれないが、史の気持ちを利用するなんて、やり方がちょっと汚《きたな》すぎる。

「まあとにかく、健太が岸田組に追われてるってことは、あいつを見つければ東雲にもそれなりの利があると、俺は思うんだがな」

「………………」

「あちらさんはやたら必死に健太を捜してるようだから、それなりの爆弾《ばくだん》なんだと思うぜ？」

「……ケッはてめえが拭《ふ》けよ」

「任せとけ」

「てめえが即答《そくとう》する時は胡散臭《うさんくせ》えんだよ」

「まあまあ。よし！　和《なご》やかな会談が終わったところで、俺は仕事に戻《もど》るとするよ。薄給《はっきゅう》の公務員だからな」

どこが和やかだったのかさっぱり分からないが、山田は満足そうにそう言って立ち上がる。

「それじゃあお姫《ひめ》さん、玄関《げんかん》まで送ってくれる？」

「あ、はい」

「おい、甘やかすな。一人で帰らせろよ」

「史の様子を見に行くついでだから」

舌打ちをする賢吾に苦笑《くしょう》しながら、山田について廊下《ろうか》に出る。玄関まで歩く山田の後ろをついて歩いていると、急にくるっと山田が振《ふ》り返った。

「あのさ、お姫さん」

「その呼び方、やめてもらっていいですか？」

「俺だって下の名前で呼びたいところだけど、呼んだらうるさいのがいるだろ？　それに名字はそのうるさいのと同じだし」

山田はそう茶化《ちゃか》して肩《かた》を竦《すく》めてから、不意に真面目《まじめ》な顔になった。

「頼《たの》みがあるんだ」

「何でしょう？」

「健太のこと、守ってやってくれないか？」

「俺にはそんな力は――」

「あんたにしか頼めないんだ。あいつは頼《たよ》れる身内もいなくて、独りぼっちの寂《さみ》しいやつなんだよ。だから俺みたいなやつに付け込まれて、Sなんかにされちまって」

「それ、自分で言うんですか？」

「もし、東雲があいつの存在を邪魔《じゃま》に思って放《ほう》り出しそうな時は、あんたがあいつを守ってくれ。そうしたら、あんたに何かあった時、必ず俺が力になる」

「……分かりました」

山田が賢吾をどんな風に思っているか、言われなくても伝わってきた。賢吾はそんなに冷たくないと言うのは簡単だ。けれど、佐知が言ったところでその言葉を山田が信用するとも思わなかったし、もし佐知と史に危険が及《およ》ぶ可能性があるなら、その時は非情な決断もできるのが賢吾だと知っている。

「でもこれは、山田さんのためじゃなくて、マリアのためですから」

「分かってる。ありがとう」

頭を下げられた。

「やめてくださいよ、山田さんらしくもない」

佐知が笑って茶化すと、頭を上げた山田は苦笑して言った。

「あんたらが付き合い始めて、東雲にあんたのことを頼まれる前から、東雲がずっとあんたのことを好きなのは知ってたんだ」

「え?」

賢吾が山田に、もし自分に何かがあった時には佐知が東雲組のことに巻き込まれないようにしてくれ、と頼んでいたことは、以前山田本人から聞いて知っていたが、二人が付き合い始める前から山田が佐知のことを知っていたとは思わなかった。

「東雲組の若頭《わかがしら》の唯一《ゆいいつ》の弱みだぞ? 調べるに決まってるだろ?」

「……………」

弱み、と言われて密《ひそ》かに傷ついたが、それが真実であることも分かっている。ただ、弱みであると同時に、強みにもなれるはずだと、佐知はそう思っている。そうでなければ、賢吾のそばにはいない。ただのお荷物でいるために、賢吾のそばにいる訳ではないのだ。

「東雲が子供を引き取るって聞いた時は驚《おどろ》いたが、あんたが東雲の恋人《こいびと》になるって知った時はもっと驚いたね。あんたと東雲は、水と油みたいだと思ってたからな。あんたは見るからに正義感の強い人間だ。きっと数か月も持たずに東雲から逃げるだろうと思っていたが、まさかまさか、東雲があんたのほうに染まるとはな」

「ああ。あんたが、東雲の思い人でよかった。これからも、東雲のそばにいてやってくれ」

「ふふ……何だかすごくいい言葉ですけど、賢吾をコントロールしてろって言われてるような気がします」

「あ、バレた？」

「俺だって、それなりに賢吾に染まってきているもので」

賢吾が佐知に染まっているように、佐知だって賢吾に染まっている。それは長い年月、幼馴《おさな》染《じ》みだった頃《ころ》から少しずつ、互《たが》いに浸透《しんとう》していったものだ。

それを、嫌《いや》なことだとは思わない。互いが少しずつ混ざり合って、影響《えいきょう》を与《あた》え合って、きっとこれから先も、少しずつ、二人は変わっていくのだろう。

「まあ、ただ優《やさ》しいだけの人間に、東雲が惚《ほ》れる訳はないか」

「ほんとは賢吾より俺のほうが、ずっと悪人だったりして」

皆《みんな》、佐知のことをちょっと勘違《かんちが》いしている。きっと賢吾が佐知のことをものすごく繊細《せんさい》で綺《き》麗《れい》なものみたいに扱《あつか》うせいだ。佐知は特別優しい訳じゃないし、いつでも正しい訳でもない。賢吾と史のためなら、どんなに残酷《ざんこく》な人間にだってなれると、そう思う。それぐらいには、二人のことが大切だ。

「ははは、そりゃあ怖《こわ》いねえ」

「染まって、ますか？」

「ちなみに、賢吾を巻き込むために史を騙《だま》したことを、許す気はないですから」

保健所行きだなんてひどいことを言っていたが、実際には山田にそのつもりがないことは何となく分かっていた。あれは史を話に引き込むための嘘《うそ》だ。

「子供を巻き込んだことは謝る。だが、ああでもしないと東雲は協力してくれないだろう？」

「それは山田さんの都合で、だから史を追い詰《つ》めてもいいってことにはならないです」

山田の言いたいことは分かる。けれど佐知は史の家族だから、史の気持ちが最優先だ。山田の都合のために史が傷ついてもいいなんて、そんな勝手は許せない。

「幼い子供に命の重みを背負わせるのは、大人のやることじゃないですよ」

「……っ」

山田はがしがしと頭を掻《か》いて、「どうしろって言うんだ」と佐知を見る。

「諸々《もろもろ》が解決したら、ちゃんと史に謝ってください。巻き込んだ理由を説明して、史が許してくれるまで、何度でも根気強く謝ってください」

「……分かった」

山田の返事に、佐知はにこっと笑顔《えがお》を向けた。

「それでは、気をつけて帰ってくださいね」

山田はちょっと驚いた顔をした後でふっと困ったようにため息を吐《つ》き、それから「よろしく頼む」と最後に一言残して去って行った。

「入るぞ？」

どうせ返事はないと思ったが、一応声をかけてから部屋に入る。もうすでに敷《し》かれた布団《ふとん》が、こんもりと山を作っていた。

「史？」

掛《か》け布団を捲《めく》ると、体育座りする史と、それに付き合って中で伏《ふ》せをしていたマリアを発見する。

「ぱぱ、おこってる？」

「さあ、どうだろうな？」

掛け布団を退《ど》けて、史の隣《となり》に腰《こし》を下ろす。人懐《ひとなつ》っこいマリアが佐知の太ももに顔を乗せてきたので、よしよしと頭を撫《な》でてやった。

「……ねえさち」

「んー？」

こういう時は、自分から話をさせたほうがいい。一人で抱《かか》え込んで我慢《がまん》するクセをつけて欲しくないからだ。嫌なことは嫌だと、辛《つら》いことは辛いと、周りに助けを求められる史であって欲しい。

の？」

「もし、ぱぱがぼくのことをむかえにきてくれてなかったら、ぼくも、ほけんじょにいってた

「……子供は、保健所には行かないよ。でも、児童相談所ってところには行ってたかもしれない。子供がたくさん暮らしている場所だ」

こういう時の史に、嘘は吐かない。それは史の佐知に対する信頼《しんらい》に背《そむ》く行為《こうい》だから。

「……そっか。……あのね、さっきはぼく、ぱぱがあんまりわからずやだからはらがたって、おこってたからわからなかったんだけどね？」

「うん」

「ぱぱ、まりあのいのちをまるごとせおうかくごがあるのか、ってぼくにきいたでしょ？」

「うん」

「でね、ぼく、おもったの。……ぱぱは、ぼくのいのちをまるごとせおうかくごがあったから、ぼくのことをむかえにきてくれたんだなって」

「……そうだな」

史が、佐知にぎゅっと抱《だ》きついてくる。佐知は何も言わずに史の体を抱きしめ返した。

賢吾が史を実子として引き取ると決めた時、実際にはもっとたくさんの覚悟《かくご》をしたはずだ。史の命を背負う覚悟だけではなく、実子ではない史の本当の父親になる覚悟に、史の将来を背負う覚悟、もしかしたら、佐知との未来を諦《あきら》めることになるかもしれない覚悟だってあったか

もしれない。

「ぼくね、ぱぱがむかえにきてくれてよかった。……ぱぱがむかえにきてくれたとき、こわいっておもったけど、でもいまはほんとに、ぱぱがぼくのこと、まるごとせおうかくごをしてくれてよかったって……だって、だから、さちともいっしょ。くみいんのみんなともいっしょだもん」

「そう、だな……」

思わず、喉《のど》で声がつかえる。でも、絶対に泣かない。佐知は史の頬《ほお》を手で挟《はさ》んで顔を上げさせ、それからにこっと笑った。

「だったら、パパと仲直りしなきゃな」

「……それはちょっと、やだ」

史は唇《くちびる》を尖《とが》らせる。

「そうやってすぐに不機嫌《ふきげん》になるんだから」

でも、それでいい。ここで不機嫌になれるってことは、史が賢吾に対して遠慮《えんりょ》をしていないということだから。

賢吾の覚悟なんて、史は気にしなくていいのだ。賢吾だってそんなことで恩を感じてなんて欲しくないはずだ。事実は事実として胸に仕舞《しま》って、史にはこれからも存分に賢吾を振《ふ》り回す存在でいて欲しい。

「べつにふきげんなわけじゃないもん。さちもよくいうでしょ。それとこれとはべつって」

「ははは。史はどんどん賢《かしこ》くなるなあ」

佐知は史の頭をわしゃわしゃと撫でて、ついでにマリアの頭もわしゃわしゃと撫でる。一人と一匹《いっぴき》の毛が逆立っているのを見て、今度はわははと笑った。

「史とパパは、ほんとに仲がいいよなあ」

「そんなんじゃないもん！」

「喧嘩《けんか》するほど仲がいいっていう、昔の人が作った言葉があるんだけど、パパと史にぴったりだよなあ」

「それは、ぱぱとさちでしょ」

「うっ……」

佐知がわざとらしく胸を押さえると、ようやく史があははと笑った。

「さ、笑顔に戻《もど》ったところで、いい加減寝《ね》ようか」

無理やり賢吾と仲直りしなさいと言うのは簡単だが、それでは意味がない。それに心配しなくても、二人はそのうち勝手に仲直りするだろう。……家族ってそういうものだから。

「じゃあ、おはなしきかせて！」

「よーし、じゃあ今日はちょっと怖いやつにしちゃおうかなあ」

「こ、こわいやつ⁉」

「そう……あれはそう、俺がまだ大学病院で働いてた頃の話なんだけど――」

「やだやだっ、さちのびょういんのはなしはやだっ！」

史が慌《あわ》てて布団の中に潜《もぐ》り込む。しめしめと思いながら、佐知は続けた。

「夜中になるとやってくる屋台のラーメンが美味《おい》しくて――」


「やっと寝たよ」

「そうか」

史を寝かしつけて居間に戻ると、賢吾は佐知が山田と共に居間を出た時と同じように、手酌《てじゃく》で酒を呑《の》んでいた。いつもよりもピッチが速い。呑み干したばかりの杯《さかずき》にまた酒を注《つ》ごうとする賢吾の手から徳利《とっくり》を奪《うば》って座卓《ざたく》に置き、佐知は賢吾の隣に腰を下ろした。

「呑みすぎじゃないですかあ？」

「そんなことねえし」

「あっちもこっちも不機嫌で困るなあ」

「……別に、不機嫌な訳じゃねえ」

賢吾が唇を尖らせる。

「はは、史も同じことを言ってたぞ」

賢吾が使っていた杯に酒を注ぎ、賢吾が呑む前にぷはっと呑み干す。先日、迷惑《めいわく》をかけた詫《わ》びにと同級生の月島《つきしま》が持ってきてくれたものだ。のど越《ご》しがよく、酒に詳《くわ》しくない佐知にもいいものだとすぐに分かった。

「家族ってほんとに不思議だよなあ。うちの医院に時々来るご家族がいるんだよ。子供が三人にお母さんとお父さん。すごく仲が良くて、皆《みんな》バラバラに通ってても、すぐに家族だって分かるぐらいに似ててさ、ある時お父さんが予防接種を受けに来たから、雑談のつもりで言ったんだよね。『本当にご家族皆そっくりですよね。特に一番上のお子さん、どんどんお父さんそっくりになってきましたね』って。そしたら、急にお父さんが泣き出しちゃって」

「泣くほど嬉《うれ》しかったのか？」

突然《とつぜん》始まった、一見関係なさそうに思える佐知の話に文句を言うこともなく、賢吾はちゃんと話を聞いてくれる。

「……お父さん、一番上の子とだけは、血が繋《つな》がってないんだって。俺、全然知らなくて、無神経なことを言っちゃってすみませんって謝ろうとしたんだけど、そしたらそのお父さん、泣きながら言ったんだよ。『違《ちが》うんです、すごく嬉しくて』って」

「……ああ。そうだろうな」

賢吾の口角が上がる。

「賢吾と史も、どんどん似てくるよな。もちろん、二人には血の繋がりがあるから当たり前なんだけど、俺はそれを見るたびに嬉しい。俺達、日に日に家族になってる」

「今だって家族だろ？」

「そうなんだけど。何て言えばいいのかな？　お前が史に影響《えいきょう》を与《あた》えて、史がお前に影響を与えていくのが、何かすごく幸せなんだ。なあ、お前気づいてる？」

「何を？」

「お前最近、俺の頭をよくくしゃって撫《な》でるだろ？　あれ、史によくやるせいでついたクセだよな？」

「……そうか？」

「そうだよ。何か子供扱《あつか》いされてるみたいで腹立つけど、お前の愛情を感じるから怒《おこ》れないんだよな」

「それを言うなら、お前もだろ。よく俺の髪《かみ》をぐしゃぐしゃにするじゃねえか」

「ははは、確かにそうかも。俺達二人共、どんどん史仕様になっていってるな」

くく、と顔を見合わせて笑う。ちっとも嫌《いや》じゃない。むしろ嬉しい。誰《だれ》かのために変わっていく自分が、こんなに嬉しいなんて思わなかった。

「もちろん、史だけじゃない。お前は毎日少しずつ、俺仕様にもなっていってる訳だよ」

「自信満々だな」

「当たり前じゃん。これだけ愛されてお前の愛を疑うほど、俺は馬鹿《ばか》じゃないぞ」

ちゅっと頬にキスをすると、佐知の頬にもキスが返ってきた。賢吾が佐知のことを好きだということは、願望でも自慢《じまん》でもなく皆が知っていることだ。だけど、二人きりの時の賢吾がこんなに甘いことは、たぶんほとんどの人が知らないだろう。賢吾が佐知に甘いと周囲の人が思っているその何倍も、賢吾は佐知に甘いのだ。

「その台詞《せりふ》が聞けるまで、長かったなあ」

「感慨《かんがい》深いだろ？」

「お前が言うなよ」

賢吾に頭を小突《こづ》かれて、ははははと笑う。

「まあでもさ、賢吾と史が似るのは嬉しいけど、こういう時ほんとに困るんだよ。どっちも頑《がん》固《こ》でさあ。どっちかの味方をすればどっちかが拗《す》ねるし？」

杯に酒を注ぎ、今度は賢吾にどうぞとジェスチャーする。賢吾が呑み干したところでまた酒を注ぎ、今度は自分が呑み干した。

「お前が、史のことを心配してるのは分かってる。動物は大抵《たいてい》、俺達よりも先に死んじゃうもんな。そうなった時、史が悲しむのが分かってるから、飼わないって言ってるんだろ？」

「…………」

「史はママとの別れも経験してる。だから、お前がなるべくそういう別れから遠ざけたいのは分かる。でもさ、史は大丈夫《だいじょうぶ》だよ。俺達よりずっと強いから」

「……そう思うか？」

「うん。普段《ふだん》のお前はさ、結構史のことを鷹揚《おうよう》に見てるっていうか、手を出しすぎず、見守り上手なのに、こういう時だけは急に心配性《しょう》になるよな」

本来、心配性なのは佐知のほうだ。史に何をやらせるにしても、怪我《けが》をしたらどうしよう、怖《こわ》い思いをしたらどうしようとはらはらするのは佐知で、何事も経験じゃねえかと笑っているのが賢吾のはずなのだ。

「賢吾は史の心の傷に敏感《びんかん》で、それってすごいことだけど、傷つかないで一生を過ごすなんて無理だって、お前も分かってるだろ？」

「……まあ、な」

「俺達は、いつか史より先に逝《い》くだろ？　ずっと史を守り続けるなんて無理なんだよ。ただ守られるだけだった史が、お前を亡《な》くして、その後どうやって生きていけるんだ。守るだけじゃなくて、史が一人でも立てるようにしてやるのが、俺達の役目だと思う」

佐知の言葉に、賢吾は驚《おどろ》いたように目をぱちりとさせた。それからちょっと固まっていたから、きっと何か考えているんだろうと、佐知は邪魔《じゃま》せずにまた酒を呑んだ。

「一人でも立てるように、か……」

しばらくして賢吾から出た言葉に、佐知は大きく頷《うなず》く。

「守るだけじゃ駄目《だめ》だ。傷ついたって、そのお陰《かげ》で成長することだってあるだろ？　ずっと守られていたら、いつまで経《た》っても強くなれない。いつでもお前が守れる訳じゃないんだから、自分自身が強くなることだって、大事なことなんだよ」

「確かに、そうだな」

「お前が心配しなきゃいけないのはむしろ俺のほう。俺、動物飼ったことないから分かんないけど、もしかしたらものすごく凹《へこ》むかもしれない。いや、待てよ？　意外にお前が一番泣いたりして」

「泣くか、馬鹿」

「よく言うよ。昔はこの家にも犬がいたじゃん。ほら、ドーベルマンの――」

「太郎《たろう》だろ？」

「そう！　めちゃくちゃ怖い顔してるのに、めちゃくちゃ可愛《かわい》かったよな」

あれは賢吾と佐知が小学校に入ったばかりの頃《ころ》だった。ある日突然、太郎が死んだと言われたのだ。あの時のことは、今でもよく覚えている。

あの日、賢吾と佐知は近所の公園で遊んでいた。どっちが先に登り棒のてっぺんにいけるかを競争していた時、京香が賢吾を呼びに来たのだ。

「京香さんから太郎が死んだって言われた時、お前がすっごく泣いてて」

「泣いてない」

「嘘《うそ》だよ、めちゃくちゃ泣いてただろ？」

「泣いてない。泣いたのはお前だ」

「あれ？　そうだった？」

あの時のことはちゃんと覚えているはずなのに。首を傾《かし》げていたら、思い出した。

そうだ。あの時、賢吾は確かに泣いていなかった。でも、佐知には賢吾がものすごく悲しんでいるのが分かったから、佐知まで悲しくなったのだ。

「あの時、お前があまりにも泣くから、二度と動物なんか飼わねえって思ったんだ」

「違うよ。俺はあの時、お前の代わりに泣いたんだよ」

「俺の代わり？」

「もちろん、太郎が死んだのは俺もすごく悲しかった。でもお前がさ、悲しいくせに泣かないから、俺がお前の分まで泣いたんだ」

「……そうか」

馬鹿にされるかと思ったのに、賢吾はくしゃっと苦笑《くしょう》混じりの笑《え》みを見せた。

「悲しんでるつもりはなかったが、お前がそう言うなら、きっとそうだったんだろうな」

「そうだよ。お前はちょっと、自分の気持ちに疎《うと》いところがあるからな。代わりに泣いた俺に感謝しろよ？」

「ああ、そうだな」

もしここに伊勢崎がいたら、二人の会話に呆《あき》れていたに違いない。でもそれが、二人にとっての真実なのだから仕方がない。

「史に、ああいう思いをさせたくないって思ってるんだろ？　でも、太郎との思い出はそれだけじゃないじゃん」

太郎は、すごくいいやつだった。いつも庭にいて、佐知と賢吾が庭で遊ぶとそばにいてくれた。佐知が池に落ちた時は真っ先に飛び込んで助けてくれたし、賢吾と佐知が危ないところに行こうとした時は吠《ほ》えて叱《しか》ってくれた。機嫌《きげん》がいいと宝物のボールを見せてくれて、機嫌が悪いと賢吾のおやつを盗《ぬす》んで逃《に》げた。今となっては、全部楽しい思い出だ。

「楽しい思い出、いっぱいあったよな。そういや賢吾、太郎に泣かされてたことがあったな」

「泣かされてねえ」

「いいや、あったね。あれは何でだったかなあ……？」

「思い出さなくていいって」

「いや、絶対思い出してやるっ、えーっと、えーっと……」

「やめろってっ」

「やめ、やめろって、あは、ははははっ」

床《ゆか》に押し倒《たお》され、賢吾に思い切りくすぐられる。そうしてひとしきりじゃれて笑い合ってから、佐知は賢吾を見上げて言った。

「もちろん、マリアの飼い主が無事に見つかって、マリアが飼い主のところに戻《もど》れるのが一番いいよ。でも、もしも飼い主がマリアと暮らせないって言ったら、その時は俺達の家族にすること、考えておいてやってよ」

「……お前、やけにあの犬の肩《かた》を持つよな」

「実は俺、あの犬にずって憧《あこが》れてて」

「何だよ。結局マリアと暮らしたいのはお前かよ」

「バレた？」

佐知がてへっと肩を竦《すく》めて笑うと、賢吾は参ったなあとため息を吐《つ》いた。

「俺はいつも、お前のそういう顔に騙《だま》されるんだよなあ」

「騙してないよ？　いつもの純粋《じゅんすい》な俺だよ？」

「嘘吐け」

そして二人でまた、ははっと笑った。

とにもかくにも、マリアと一緒《いっしょ》の生活が始まった。

朝の散歩は史がはりきって行っているが、日中は組員達と共にマリアはお留守番だ。史は保育園の送り迎《むか》えに連れてきてとうるさかったが、衛生面や患者《かんじゃ》さんへの影響《えいきょう》を考えると、医院に犬を連れていくわけにはいかないので却下《きゃっか》した。

朝から、『ぼくがほいくえんにいってるあいだにまりあをすてたらゆるさないからね！』と賢吾と喧嘩《けんか》する史を言い含《ふく》めるのには苦労した。賢吾は面白《おもしろ》がっているのか、それとも簡単に承諾《しょうだく》することは史のためにならないと思っているのか、今も表面上はずっと拒否《きょひ》の姿勢を崩《くず》していない。お陰で史は保育園に行かないと散々ごねて、最後には半ば引きずるようにして連れていく羽目になったので本当に疲《つか》れた。

そうして何とか雨宮医院に出勤すると、受付で診察《しんさつ》の準備を始めていた小刀祢舞桜が、待ち構えていたように話しかけてくる。

「おはようございます、佐知さん」

「おはよう、舞桜」

舞桜は伊勢崎の初恋《はつこい》の相手で、今は恋人《こいびと》でもある。佐知が雨宮医院を父親から引き継《つ》いだ時に看護師の募集《ぼしゅう》を見てやってきてくれて、それ以来ずっと一緒に働いてくれているのだが、何と舞桜は賢吾に佐知のボディーガード兼《けん》スパイとして送りこまれていた。その頃はまだ、佐知は賢吾と今のような関係になっていなかったのにもかかわらず、だ。

もちろん佐知は賢吾に腹を立てたし、舞桜も佐知が嫌《いや》なら辞《や》めると言ってくれたのだが、何しろ舞桜は優秀《ゆうしゅう》で、雨宮医院は舞桜なしでは立ち行かない。佐知が懇願《こんがん》する形で残ってもらい、今も仲良く一緒に働いている。

「そういえば、晴海さんから聞きましたよ？」

何を思い出したのか、舞桜がくすくすと笑う。雨宮医院の患者さん達の間で密《ひそ》かに王子様と呼ばれている舞桜が笑うと、それだけで場が華《はな》やかになる。

「ああ、犬のこと？」

釣《つ》られて笑顔になりながら、佐知は思った。伊勢崎のやつ、そういえば昨日は屋敷《やしき》内で見かけないと思っていたが、ちゃっかり舞桜のところに帰っていたらしい。いやそもそも普段《ふだん》から屋敷で寝泊《ねと》まりさせられていること自体に不満を持っている伊勢崎なので、無用に藪《やぶ》はつつくまい。余計なことを言って、へそを曲げられては困る。

そんなことを考えていた佐知に、舞桜は予想外のことを言った。

「それもですけど、賢吾さん、佐知さんが最近忙《いそが》しくしているからって、休日にゆっくり寝《ね》かせてあげようとして失敗したらしいですね」

「……え？」

「晴海さんが、素直《すなお》に最初から『明日《あした》はゆっくりしろ』って言えばいいのに、変に恰好《かっこ》をつけるから失敗するんだって笑ってましたよ？」

「…………」

もしかして、もしかしなくても、昨日の賢吾の寝坊《ねぼう》事件のことじゃないのか？　自分の知っているきっかけと顚末《てんまつ》と何か違《ちが》う気がして、佐知は思わず眉間《みけん》に皺《しわ》を寄せる。

「ニュアンスが違うだろ。あれは、賢吾の馬鹿《ばか》が嫌だって言うのに夜中に押し倒してきて、それで――」

そこまで言葉にしたところで、あ、と思いついて言葉が出てこなくなった。まただ。またやってしまった。

佐知が気づいたことに舞桜も気づいたのだろう。舞桜はふふっと笑う。

「賢吾さんも最近遅《おそ》くまでの仕事が続いていたから、自分も疲れて爆睡《ばくすい》しちゃって、佐知さんが先に起きたことにも気づかなかったらしいですね。賢吾さんって相変わらず、佐知さんに関しては器用なんだか不器用なんだか分からないですよね」

「いや、あいつは俺の性格を分かりすぎて損をしてる」

佐知のためだったのだ。夜中に押し倒してきたのも、寝坊すればいいと言ったのも、全《すべ》ては休まない佐知を休ませようとしてのことだった。それに気づいてしまえば、頭を抱《かか》えるしかなくなる。

佐知のことをよく知っているからこそ、賢吾はああいうやり方をしたのだ。休めと言われてはいそうですねと休むタイプではないことは、自分が一番よく知っている。意固地な部分は、賢吾と付き合い始めてから大分丸くなったと思っているが、それでも長年積み重ねてきた性格を、そう簡単に変えることはできないのだ。

佐知自身、自分が無理をしている自覚はなかった。けれど賢吾が休ませようとしたということは、自分自身気づかぬうちに疲れが出ていたのだろうと思う。そういうところは、自分よりも賢吾の感覚のほうを信じていた。

「何なのあいつ……ほんと、馬鹿なんだから」

賢吾は、優《やさ》しさをそうと気づかせずに享受《きょうじゅ》させるのが上手《うま》い。もしかしたら、本人に優しさでやっているという気持ちが皆無《かいむ》だからこそ、なのかもしれない。

佐知を休ませようとしたのに、賢吾が寝ている間に佐知は起きてしまい、賢吾だけが寝ていることに腹を立てて八つ当たりした。その時に、言い訳をしてもよかったのだ。だが、賢吾はそうはしなかった。

「もう！　ほんと何なのあいつ！　好き！」

気づけなかった自分への悔《くや》しさと、賢吾への愛《いと》おしさがごっちゃになる。また見逃《みのが》すところだった。

「賢吾さんって、本当に恰好いいですよね」

「だよな！　あ、でも、賢吾が伊勢崎に抹殺《まっさつ》されそうだから、そういう気持ちは言葉にせずに舞桜の心の中だけに仕舞《しま》っといて」

「ふふ、晴海さんはそんなことはしませんよ」

いや、あいつはやる。分かっていないのは舞桜だけだ。そう思ったが、思うだけで我慢《がまん》した。

壁《かべ》に耳あり障子に目あり、どこで伊勢崎が聞いているか分かったものではない。

賢吾に負けず劣《おと》らずの執着心《しゅうちゃくしん》の塊《かたまり》のクセに、舞桜の前でだけは恰好をつけているのが伊勢崎である。お陰で舞桜は、自分が狼にせっせと餌を与えられて巣までおびき寄せられてぱっくりと食べられてしまったにもかかわらず、いまだに自分を食べたのが狼だとすら気づいていない始末だ。

「舞桜、嫌な時はちゃんと嫌って言わなきゃ駄目《だめ》だぞ？」

「何ですか、急に」

「伊勢崎は口が上手いけど、簡単に言いくるめられちゃ――」

「ほう。俺の話をしているとは、光栄ですね」

ぎくっ。ああ、嫌だ。後ろを振《ふ》り向きたくない。誰《だれ》か幻聴《げんちょう》だと言って。

「なあ、舞桜。お願いだから伊勢崎じゃないって言って」

「ふふ、それはちょっと嫌ですね」

確かに嫌な時は嫌って言わなきゃ駄目だって言ったけど、何もすぐに実践《じっせん》してくれなくてもいいんだぞ？

「佐知さん、俺は逃《に》げも隠《かく》れもしないので、さっさと見てくださって構わないですよ？」

渋々《しぶしぶ》振り向くと、そこにいたのは案の定の伊勢崎だった。今日もびしりと高級スーツを着こなしている。だが、細いフレームのメガネをかけたインテリ風な外見に騙されてはいけない。東雲組若頭補佐《わかがしらほさ》の肩書《かたがき》は伊達《だて》ではない。高校時代、『雨宮先輩《せんぱい》』と呼んでくれた可愛《かわい》い後輩《こうはい》は、今ではすっかり身も心も極道《ごくどう》である。自分の機嫌《きげん》の悪い時には、佐知でストレスを発散するという理不尽《りふじん》さだ。だが、伊勢崎にはとんでもなく世話になっているので、甘んじて受けるしかない。

「今すぐ殴《なぐ》ったら、三分前ぐらいまでの記憶《きおく》が全部消えたりしないかな？」

「物騒《ぶっそう》な現実逃避《とうひ》の仕方をしないでくださいよ。別に記憶を消したりしなくても、あの程度のことで怒《おこ》ったりしませんよ？」

にっこり笑う伊勢崎に佐知は思った。嘘《うそ》を吐《つ》くな。しっかりきっちり怒ってるじゃないか。後でどんな報復をされるか、考えただけで怖《こわ》い。

「ええっと……今日は、何をしに来たのかな？」

「別に遊びに来た訳じゃありません。マリアの飼い主について色々分かったので、とりあえずのご報告に来ました」

「わざわざ？」

「何か？」

「あ、いえ、何でもありません」

報告するだけなら家に帰ってからでもいいんじゃないか、なんて言ったらきっと殺される。

報告は舞桜の顔を見るついでなんだろう、なんて口が裂《さ》けても言えない。

「俺が珍《めずら》しく、本当に珍しく休日を満喫《まんきつ》している時に電話をしてきて、犬を預かると言い出した時には頭をかち割って……いえ、頭がおかしくなったのかと思いましたよ。その時点で嫌な予感はしていましたが、佐知さんのそのトラブル体質は何とかならないんですか？」

伊勢崎君、言い直してくれたのは嬉《うれ》しいけど、どっちにしても悪口だよね？

言い返したいのはやまやまだが、結果的にトラブルを持ち込んだのは本当なので、佐知は素直に謝った。

「すみません」

「しかも、勝手に飼い主捜《さが》しを請《う》け負ったそうじゃないですか。山田さんから嬉しそうに連絡《れんらく》がありましたよ。まったく……誰が捜すと思っているんですか？」

「ほんとにすみません……」

ぐうの音も出ない。佐知がしゅんとしていると、舞桜が「まあまあ、それぐらいでいいじゃないですか」と助け船を出してくれた。

「そういうところが、佐知さんのいいところじゃないですか」

「いいか。君や若がそうやって甘やかすから、佐知さんが調子に乗るんだ。毎回トラブルを持ち込んで、そのたびに危険な目に遭《あ》っているんだぞ？」

「そうですよね。だから晴海さんは、今回も佐知さん達が危険な目に遭わないかと心配で、怒ってるんですよね」

「……っ、そんな話はしていない」

「何だ、そうか。心配してくれてるんだな、伊勢崎。ほんといつもごめんな？」

「……っ！　とにかくっ、こういうのはもう本当にこれっきりにしてくださいよ？」

舞桜に便乗してからかおうとしたら、思いっきり睨《にら》まれた。

「いや、反省してます、ほんとに」

ぺこぺこと平謝りすると、伊勢崎は「本当に分かっているんですかねえ」と大きくため息を吐いたが、こほんと気を取り直してから調べた情報について教えてくれる。

「マリアの飼い主は大槻《おおつき》健太という男で、山田さんのSになって三年経《た》つそうです。ホストクラブで働いていて、そこに来る客の話を山田さんに流していたらしいですね」

伊勢崎に差し出された写真を受け取る。そこにはスーツ姿で決め顔をしている男が写っていたが、ホストというには純朴《じゅんぼく》そうな顔だ。これならうちの舞桜のほうが……

「何ですか？」

思わず舞桜のほうを見てしまったら、舞桜に首を傾《かし》げられる。危ない危ない、想像したとバレただけで伊勢崎に殺されそうだ。慌《あわ》てて首を振って、佐知は伊勢崎に向き直る。

「ご、ごほん……っ、きゃ、客の話？　そんなの、警察が聞いて何になるんだ？」

「ホストクラブには色んな人間が集まりますからね。凄腕《すごうで》の女社長やら有名人、それだけじゃなく、極道の妻や愛人、高級クラブのママや嬢《じょう》。しかも酔《よ》っぱらうと口が軽くなるものです。ああいうところは情報の宝庫なんですよ」

伊勢崎の視線が冷たい。佐知の思考回路を読まれていたらしい。脳内まで取り締《し》まるのは本当にやめて欲しいと思いながら、佐知は率直《そっちょく》な感想を口にした。

「へえ、詳《くわ》しいんだな」

言ってから、あ、しまった、ちょっといやみっぽくなってしまったかも、と思ったが、今更《いまさら》なかったことにはできない。

伊勢崎はわざとらしくごほんと咳払《せきばら》いをして舞桜に視線を送ったが、舞桜にはまったく気にした様子はなかった。いっそ憐《あわ》れな気持ちになったが、ここで同情していることを悟《さと》られたらまた面倒《めんどう》なことになると、佐知は死ぬ気でいつも通りの表情を装う。

「この世界に生きている者の中では常識です」

「な、なるほど。それで？　どうしていなくなったのかは分かったのか？」

「それはまだ。山田さんにも見当がついていないようですね。ですが、極道組織に追われているということは、チャカかクスリ関係の密売、もしくは特殊詐欺《とくしゅさぎ》か闇《やみ》カジノに係《かか》わる何らかの情報に触《ふ》れた可能性はあります」

「大丈夫《だいじょうぶ》なのか、それ」

「だから若は、あんな厄介《やっかい》な犬を引き受けたくなかったんだと思いますよ？　俺としてもそうしてくれたほうがありがたかったんですがね。それなのに佐知さんが――」

「ストップ。何も知らないで犬を引き受けたのは悪かったけど、俺的には、そういう理由があるなら尚更《なおさら》、マリアを引き受けてよかったと思う」

マリアがもしどこかの組に連れていかれていたら、今頃《いまごろ》はひどい目に遭っていたかもしれない。もしそんなことになっていたら、絶対に後悔《こうかい》した。

動物に罪はないだろうと開き直れば、伊勢崎は肩《かた》を竦《すく》めてため息を吐いた。

「動物愛護の精神は立派ですが、もし佐知さんと史坊《ぼっ》ちゃんが危険な目にでも遭えばと心配する若のお気持ちも、考えてあげてもらいたいものです」

「大丈夫だよ。だって、伊勢崎がいるじゃん」

「は？」

「伊勢崎は悪巧《わるだく》みのプロだから、相手を逆手にとって守ってくれるだろ？」

「…………」

「佐知さん、それはちょっと、晴海さんが可哀想《かわいそう》かと」

舞桜はこそっと佐知に耳打ちしたが、佐知はそれにははっと笑ってみせた。

「大丈夫、大丈夫。俺だって、こう見えてもこいつとの付き合いはそれなりに長いんだから。な、伊勢崎？」

「……知りません。とにかく、十分に注意してくださいね」

「了解《りょうかい》」

珍しく言い返すことなく診察《しんさつ》室を出て行った伊勢崎に、舞桜が不思議そうな顔をする。だが佐知にはどうしてなのかよく分かっていた。

「あいつ、ああ見えて頼《たよ》られると弱いんだよ」

「え？」

「照れて帰ったんだよ。可愛《かわい》いよな」

もし伊勢崎に聞かれたら怒られそうなことを言って、佐知はくくと笑う。

伊勢崎との関係も、佐知と賢吾が付き合い始めてから大きく変わったものの一つだ。以前の佐知なら、伊勢崎を頼ることは考えられなかった。ただの後輩《こうはい》に迷惑《めいわく》をかけるなんて、あり得ないからだ。

けれど今は違《ちが》う。賢吾と付き合い始めて、自分が愛されていたことを知った佐知は、図太くなった。使えるものは全部使う。差し伸《の》べられた手は拒《こば》まない。むしろ、手を差し伸べてくれと頼《たの》むことだってできる。

「俺、今初めて、佐知さんにちょっとだけ嫉妬《しっと》したかもしれないです……」

「ははは、舞桜に嫉妬されちゃった。今度伊勢崎に教えてやろっと」

「だ、駄目《だめ》ですよっ」

「はは、冗談《じょうだん》だよ。伊勢崎を喜ばせるだけだから、絶対言わない」

まあでもそのうち、二人で呑《の》みに行って、酒の肴《さかな》の代わりに話してやってもいいかもしれないな。

診察時間ぎりぎりに来た患者《かんじゃ》の診察に手間取ったせいで帰宅の遅《おく》れた佐知に代わり、気を利《き》かせた賢吾が史を先に風呂《ふろ》に入れてくれていた。そのお陰《かげ》で、帰ってすぐに夕飯に集中することができた。

やっぱり子育ては連係プレーだなと思いながら皿を洗っていた佐知だったが、子育てというものは、いつも突然《とつぜん》に子供の成長がやってくるものである。

「ねえさち、ぼく、きょうからまりあといっしょにねるから！　さちはぱぱといっしょにねて！」

「え？　でも、一人だと寂《さみ》しいだろ？」

「ひとりじゃないもん！　まりあがいっしょだもん！　ぜったいはいってきちゃだめだからね！」

パジャマ姿で明日《あした》の保育園の準備を終えた史は鼻息荒《あら》くそう言って、佐知の返事も聞かずに「まりあ、いこ！」と居間から出ていってしまった。

「…………」

とうとうこの日が来てしまったか……。

時々は電池が切れたおもちゃのように居間で行き倒《だお》れのように眠《ねむ》ったりする史だが、普段《ふだん》は眠る時には誰《だれ》かの添《そ》い寝《ね》を必要としていた。佐知であったり賢吾であったり、時には伊勢崎や組員であったり。添い寝の相手は様々だが、それは毎晩の儀式《ぎしき》のようなもので、そうして史が寝付いた後、その寝顔を見るのが添い寝役の特権だったりもした訳なのだが。

「泣くなよ。一晩かけて慰《なぐさ》めてやるから」

「エロい慰めはいらない」

「誰もそんなこと言ってねえだろ。まあ、期待されたら応《こた》えるのが俺だが」

浴衣《ゆかた》姿の賢吾がくっと笑って近づいてきて、優《やさ》しく佐知の肩を叩《たた》いた。晩酌《ばんしゃく》をしていたはずなのに、こういう時は忍者《にんじゃ》かと思うぐらいに動きが素早《すばや》い。

「もしかしたら、すぐに泣きべそかいて戻《もど》ってくるかもしれねえぞ？」

「別に、史の成長が嫌《いや》な訳じゃないし」

本心を言っているつもりなのに、知らず口が尖《とが》ってしまう。

子供の成長って、嬉《うれ》しいけど寂しいなあ。こうやって少しずつ自立して、いずれは佐知の知らない部分が増えて、いつかは佐知達より大事な人ができて――

「ちょっと泣きそう」

「はは、何を想像したんだ？」

「いつか、史にも誰か好きな人ができて、俺達のことなんかどうでもよくなっちゃうんだ……」

「おいおい。お前は俺のことを死ぬほど好きだが――」

「え、キモ」

あ、しまった。賢吾があまりにも俺に愛されてることに自信満々で、反射的に幼馴染《おさななじ》みとしての本能が出て茶化《ちゃか》してしまった。

「てめえ……」

「あ、すみません。続けて続けて」

「……お前は俺のことを死ぬほど好きだが——」

「あ、またそこから始めるんだ」

「…………」

「あ、ほんとすいません。もう絶対茶々入れないんで」

賢吾は佐知のことをちょっと睨《にら》んで、それから言った。

「お前が俺を好きなのと、家族が大事なのはまた別だろ？　俺のことを好きだ何だと言うくせに、今でも俺より安知《やすとも》さんを優先するじゃねえか」

「当たり前だろ。いつでもその辺にいるのと、滅多《めった》に話せない父さんとじゃ、ツチノコとアリぐらい、存在価値が違うんだよ」

「俺の存在価値、低すぎないか？」

「お前はほら、捜《さが》さなくてもその辺にいるから」

「失礼な言い方だな、おい」

賢吾はそう言って苦笑いして、それからこほんと話を元に戻した。

「まあだから、これから先、史にどれだけ大事なものが増えても、お前があいつの特別だってことは変わらねえってことが言いたいんだよ、俺は」

「ああ、なるほど。お前がいくつになっても京香さんが特別なのと同じ感じ？」

「…………」

そこは素直《すなお》に頷《うなず》けばいいだろ。いつまで思春期を続ける気だよ。

賢吾の表情に笑って、ちゅっとくちづける。すぐさま腰《こし》に回ってきた腕《うで》に抵抗《ていこう》せず、自らも賢吾の首に腕をかけた。

「史が大人になっちゃうのは寂しいけど、お前との時間が増えるのは嬉しい。複雑な気分だよな」

「子育てってのは我が儘《まま》なもんだな」

二人でくくっと笑い合って、もう一度キスをする。佐知の腰を摑《つか》んで持ち上げた賢吾に、キッチンカウンターの上に乗せられた。

「賢吾、まだ食器洗いが終わってな……んっ」

手早く佐知のボトムスのフロントボタンを外して前を寛《くつろ》げた賢吾が、まだ半立ちのそこに唇《くちびる》を落とす。

「い、いきなりすぎないか？　やるなら、風呂に入ってから、ゆっくり……あっ」

佐知はまだ風呂に入っていないのだ。仕事で着ていた服のまま、という訳にはいかないのでラフな恰好《かっこう》に着替《きが》えはしたが、できれば体を清めたい。

「誘《さそ》ったのはお前だぞ？」

「お、俺は、キスした、ぁっ、だけ……っ」

軽い触《ふ》れ合いはいつものことで、それが必ずしもセックスに直結している訳ではない。それぐらい、賢吾だって知っているはずなのに。

「俺がそれだけでその気になるお手軽な男だって、知ってるだろ……？」

お前限定だけどな。賢吾はそう言って笑って、佐知のそこをべろりと肉厚な舌で舐《な》めた。指で触《さわ》られるのとは感覚が全然違う。舌の粘膜《ねんまく》同士を触れ合わせるのも気持ちいいが、より鋭敏《えいびん》なそこに舌で触れられると、震《ふる》えるような快感にがんじがらめにされて逃《に》げられなくなる。……逃げたく、なくなる。

「せっかくだから、エプロンとか、してればよかったのにな」

「ばか……っ、へんた、い……ぁ、あっ、吸っちゃ、あ、あっ」

じゅるじゅると吸い上げられ、思わず賢吾の頭を鷲掴《わしづか》みにするが、引き剝《は》がしたいのか、もっとさせたいのか、自分でもよく分からない。

「史が、戻ってきたら、ぁっ、どうす……っ」

「そん時は、空気を読んで組員が何とかするさ。……今は、俺に集中しろよ」

「あ、待って、あ、あ……っ」

賢吾の指が、佐知の蕾《つぼみ》にぐっと押し込まれる。せめて何か潤滑剤《じゅんかつざい》の代わりに、と近くにあったオリーブオイルを摑もうとしたら、賢吾の手に止められた。

「心配するな、ちゃんとある」

賢吾がそう言って指を動かせば、じゅくりと滑《すべ》る音がする。どこに隠《かく》し持っていたのか、しっかり潤滑剤を使ってくれているらしい。

「最低限の礼儀《れいぎ》だろ？」

「……っ、あ……っ、そうだ、けど、何か、やっぱり変態、っぽ……あ、あっ」

セックスの時の賢吾は大抵《たいてい》、どこかに潤滑剤を隠し持っていることが多い。何故《なぜ》かと聞いたら、『受け入れる側は負担がかかる。それを承知でお前がそっちをやってくれてんだから、せめてお前の体になるべく負担がかからねえようにするのは当然だろ？』と言っていた。

分かる。嬉しい。すごくいいやつだ。だが、潤滑剤を持っている時はそういうことをしようと思っている時、ということになる気がして、何だかちょっと恥《は》ずかしい。そうして恥ずかしくなった結果、賢吾にこういう台詞《せりふ》を吐《は》いてしまうのが佐知なのだ。

「それじゃあ、変態らしく、いかせてもらおうかな」

変態呼ばわりされた賢吾は、怒《おこ》るどころかにやっと楽しそうに笑った。しまった。何か変なスイッチを入れてしまった。

「い、いいっ、そういうんじゃなくて、ジェントルマンな感じで！　そういうのが、あ、あっ、いいって、あ、あっ」

「いいんだろ？　遠慮《えんりょ》するな」

「そうじゃ、あ、ぁっ、なくて……っ」

指で奥を弄《いじ》られている間に、ボトムスを下着ごとするっと脱《ぬ》がされる。露《あら》わになった下半身に羞恥《しゅうち》を感じる暇《ひま》もなく、大きく足を広げさせられて性器を扱《しご》かれた。

「佐知、ほら、自分でここを擦《こす》れ」

「あ、あ、やだって、あ、あっ」

賢吾の手に導かれ、性器を握《にぎ》らされる。冷静になりかけたのを許さないとばかりに、賢吾の指がにゅくにゅくと奥に出し入れされ、また快楽に頭が蕩《とろ》けそうになったところで、賢吾が色気の滴《したた》る声で耳元で囁《ささや》いた。

「愛してるぞ、佐知。お前が気持ちよくなれば、俺ももっと気持ちよくなる」

賢吾の声が、ぞくぞくと背筋を駆《か》け抜《ぬ》けていく。まるで催眠術《さいみんじゅつ》だ。

セックスは二人で気持ちよくなるものだから、積極的に自分が感じれば感じるほど、相手も気持ちよくなる。そういうものだと、賢吾に教えられた。佐知が我慢《がまん》すればしただけ、賢吾の気持ちよさも減ってしまう。……だから、佐知がどんなに快楽に貪欲《どんよく》になっても、それは自分のためじゃなくて、賢吾のため。だから、大丈夫《だいじょうぶ》。

「……ふ……っ、あ、ん、んんっ、は……っ」

羞恥は急には消えない。それでもたどたどしく性器を擦り始めれば、褒《ほ》める代わりにキスをくれた。それに勇気を得て、佐知の手が少しずつ大胆《だいたん》になっていく。そうしたら、ご褒美《ほうび》みたいに賢吾の指も激しくなって、どっちの快楽ももっと欲しくて手の動きも激しくなった。

「あ、あ、あぁ……っ」

最初は声を噛《か》み殺そうとしたのに、今はもうあまりの善さに口を閉じられない。

「佐知、先っぽが好きだろ？　そこは弄らなくていいのか？」

賢吾の声に唆《そそのか》され、指で先っぽをにゅくにゅくと弄る。こんなのが善《い》いなんて知ってしまったのは賢吾のせいだ。自分一人だけで性欲《せいよく》を解消していた時は、ただ空《むな》しく擦るだけだったのに。

快楽に夢中になっても、賢吾の視線はびりびりと痛いぐらいに感じていた。見られることすら快感になることを知ったのも、賢吾のせいだ。

……そして、誰《だれ》かを誘惑《ゆうわく》したい、なんて思うようになったのだって、賢吾のせいなのだ。

「さわ、って……？」

片手でシャツを捲《まく》り上げ、胸を突《つ》き出して賢吾に強請《ねだ》る。ここを賢吾が弄れば、すごく気持ちいいと知っている。

「自分で触れるだろ……？」

「いじ、わる、言うなよ……」

自分の指で弄るより、賢吾のほうがずっと善い。こんな体にしておいて、そんなことを言うのは意地悪だ。

「賢吾……？」

唇を舐めたのは、無意識に願望が出たからだろう。賢吾は「参ったなあ」と呟《つぶや》いて、それから急に佐知の乳首《ちくび》に噛みついた。

「……っ!!」

「そんな顔をされちまったら、余裕《よゆう》がなくなるだろうが」

痛みは遅《おく》れて快楽を連れてくる。歯を立てられてじんじんするそこは舌に宥《なだ》められ、恥ずかしいぐらいに尖《とが》っていく。そうされるとすごく善くて、知らず、性器を扱く指の動きが激しくなっていった。

「あ、あ、ぁっ、い、いく、いくって、イ……ッ！」

あまりの快感に我慢することもできず、佐知の性器から蜜《みつ》が噴《ふ》く。

「やってくれたな、佐知」

「あ……っ」

賢吾が顔を上げる。顎《あご》に自分の精液が滴っているのが見えて、恥ずかしさと同時に、自分がこの男を汚《けが》したことにひどく興奮してしまった。男の性は、こういう時には残酷《ざんこく》だ。隠そうとしても、また硬《かた》くなり始めたそこが、興奮を賢吾に教えてしまう。

賢吾の指が顎についた精液を拭《ぬぐ》い、舌がぺろりとその指を舐める。わざとらしく、佐知に見せつけるように。

「……っ」

それだけで息が上がって、賢吾から目が離《はな》せなくなった。

「次は、俺の番だよな？」

賢吾の猛《たけ》ったものが蕾に押しつけられる。この瞬間《しゅんかん》、次に来る快感を知っているのに、いつも小さな怖気《おぞけ》に襲《おそ》われる。ほんの一瞬だけ。でもそれを乗り越《こ》えれば……ほら、とてつもない快楽が来る。

「あ、ぁ……あぁ……ん、んん……っ」

奥まで納めるために、何度か揺《ゆ》さぶられる。そうして奥深くまで侵入《しんにゅう》され、ぎゅっと抱《だ》きしめられた。佐知がキッチンに腰《こし》掛けている分、いつもより繋《つな》がりが深い気がして、思わず奥がぐっと賢吾の存在を確かめる。

「……っ、やってくれるな、佐知」

「あ、ちが……あ、あっ、あっ」

「何が、違《ちが》う？」

「あ、あ、いつも、より……あぁっ、ふか、ふかく、てっ、あ、あっ」

いつもは、賢吾に散々蕩かされて、それでようやく拓《ひら》くぐらいの奥に、もうすでに賢吾がいる気がする。賢吾が腰を押しこんでくるたび、これ以上は駄目《だめ》だと体が悲鳴を上げる。

「あ、だめ、そんな、あ、あっ……！」

賢吾はすぐに、いつもとは違う佐知の反応に気づいたらしい。逃がしてくれる賢吾ではなく、耳朶《じだ》をぺろりと舐《な》め、甘く唆してきた。

「奥まで、入れてくれるだろ……？」

「あ、だめ、だ……だって、だって……っ」

いつもは、もっと訳が分からなくなって、とろとろで、だから抵抗《ていこう》できなくて、仕方がないから、どうしようもないから、賢吾に明け渡《わた》しているのだ。……そういう大義名分がないと、賢吾に差し出すのが怖《こわ》くなるぐらいの快楽なのだ、あそこは。

「入りてぇんだよ、佐知。なあ」

ぐ、ぐ、とそこをノックされる。気持ちいいけど、すごくいいけど、まだ意識はある。意識はあるのに。

「……い、いいよ？」

怖い。でも、賢吾になら全部あげる。

掠《かす》れる声でそう言ったら、賢吾に足を大きく開かされた。

「今までで、一番奥まで、な」

「あ、嘘《うそ》、うそ……っ、あ、やだっ、やだやだっ、むり、あ、あっ、そんなの……っ！」

これ以上無理だと思ったのに、ぬぷぬぷと賢吾が奥に侵入してくる。

「は、ん、んんっ、ひぁっ！」

あまりに怖くて唇《くちびる》を噛みしめて堪《こら》えようとしたら、賢吾の指にぴんと乳首を弾《はじ》かれ、大きな声が漏《も》れた。それを狙《ねら》いすましたように、賢吾の腰がぐっとまた押し込まれる。

「あ、だめだめっ、ほんとに、あ、あっ、あぁっ」

「そうか、駄目か。じゃあ、あともうちょっとだけな」

「ちがっ、あ、あっ、だめだって、だめっ、あ、あああっ」

賢吾を止めたいのに、もう体を動かせない。どうやって侵入を拒《こば》んだらいいのか、分からない。

「すげえ、な……奥がぎゅんぎゅん、搾《しぼ》り取ろうと、してくるぞ……？」

「あ、あ、だって、あっ、あっ、い、いくっ、どうしよ、いくっ」

「達《い》けば、いいだろ？　好きな時に、好きなだけ」

「あ、ぁっ、い、いく、いくっ、何かくる、あ、あ……！」

ぶしゅり。噴き上げたのが精液とはまた違う何かだと、すぐに分かった。賢吾が腰を突き入れるたびに、びしゃっ、びしゃっ、と佐知のシャツが濡《ぬ》れていく。

「あ、やだっ、みちゃ、あ、あっ、やだぁっ」

足を思い切り開かされ、ぱくぱくと開閉するそこから断続的に飛沫《しぶき》が上がるのを、賢吾に見られている。恥《は》ずかしくて、足を閉じたいのに、そうするだけの力が出ない。

「気持ちいいな、佐知。とろとろの顔してるぞ……？」

達したのが分かっているはずなのに、賢吾の腰は止まらない。それどころかより一層激しさを増して、佐知がはふはふと何とか呼吸する口元で、賢吾が囁《ささや》いた。

「そろそろ、出すぞ……？」

「あ、あ、出る……？　あ、でちゃ、う、あ、あっ、……っ!!」

どくり、と中にぶちまけられる感触《かんしょく》。指では届かない奥の奥を賢吾に明け渡した瞬間、ぱちぱちと目の中に星が飛んだような気がした。

「あ、ぁ……」

体が全部バラバラになったような感覚。そのとてつもない快楽の中で、佐知は賢吾の声を聞いた。

「あんまり寂《さみ》しがってくれるな。妬《や》けるから」

史にヤキモチを焼いていたのだと、その言葉で知る。まったく賢吾は、佐知の事を好きすぎるから困る。そんな風に考えながら、佐知からぽろりと出た言葉は……

「ちゃんと……キッチン、除菌《じょきん》しろ、よ……？」

「色気もくそもねえな」

そうして短い間気を失った佐知は、目を覚ますなり賢吾に命令する。

「ほら、そこ！　そこもちゃんと綺麗《きれい》に除菌して！」

「分かった分かった。分かったから、お玉で突《つつ》くな」

「キッチンはご飯を作るところなんだぞ⁉　ちゃんと綺麗にしとかないと！」

賢吾は思った。キッチンで致《いた》すのはもうやめにしよう、と。


「史！　そろそろ水分補給しろよー！」

「はぁい！」

庭でマリアと走り回る史に縁側《えんがわ》から声をかけると、史はこちらに向かって大きく手を振《ふ》って駆《か》けてくる。庭にいる時にはリードをしていないマリアも、史にじゃれるようにしてそれに従った。

「すっかり仲良しだな」

今日は雨宮医院の診察《しんさつ》時間が午前の部だけなので、史の保育園も昼までだった。帰ってきて昼食を食べ終わるなり庭に走って行った史は、それからずっとマリアと遊んでいる。

「うん！　まりあもすいぶんほきゅうしよ！」

「わんっ！」

史が縁側に腰を下ろすと、マリアもその足元できちんとお座りをした。史には麦茶を、マリアにはボウルに入れた水を差し出すと、二人はよーいどんをするみたいに同時に飲み始める。

昨夜《ゆうべ》、マリアと二人で寝《ね》ると言った史はそのままぐっすり眠《ねむ》ったようで、とうとう朝まで佐知達のところに来ることはなかった。寂しいけれど、また一つ大人になった史を誇《ほこ》らしくも思う。とても複雑だ。

「ずっと庭で遊んでたのか？」

「ううん！　さっきまではひみつきちでおひるねしてた！」

「だからそんなに泥《どろ》だらけなのか……」

史の秘密基地は、今座っている縁側の真下にある。厄介《やっかい》なところに作ってくれたものだと思うが、せっかく史が自分で作ったのだからと、泣く泣く撤去《てっきょ》せずにそのままにしていた。

史のTシャツとマリアの惨状《さんじょう》にため息を吐《つ》くと、史は足をぶらぶらさせながら黙《だま》り込んだ。

「史……？」

怒《おこ》られたと思ったのかもしれないと、ため息を吐いてしまったことを後悔《こうかい》しかけたが、そうではなかった。

「ここに、ままがいたらよかったなあ……」

「ママ？」

史は自分の母親であるアリアが亡《な》くなっていることをちゃんと理解していて、月命日は墓参りにも行く。時々はアリアと過ごした宝物のような短い期間のことを思い出し、話してくれることもあった。

子供の記憶《きおく》は段々曖昧《あいまい》になっていく。悲しい記憶は無くなってしまっても構わないと思うけれど、もう取り戻《もど》せない大事な史の思い出を、たとえ史が思い出せなくなっても、代わりに少しでも覚えておいてあげたいなと思う。だから史がアリアとの日々を思い出した時は、積極的に話を聞くことにしていた。

『母親が亡くなったことは悲しいだろうが、だからと言って全部を押し込めてなかったことにしちまったら、それこそ史は全部無くしちまうだろ？』

腫《は》れ物に触《さわ》るみたいにして、小さい史が母親のことを思い出さないようにするのはおそらく簡単だ。だがそれでは、史の中にあるアリアとの大事な思い出も無くしてしまう。

『俺はお前を好きで、もしお前が先に逝《い》っちまったら狂《くる》いそうなぐらいに辛《つら》いだろうが、それでも、お前との時間をなければよかったなんて思わねえ。大事なもんは、たとえ無くしたって、自分の芯《しん》に残るんだ』

佐知もそうだと思う。アリアには、これからも史の中のぶっとい芯でいて欲しい。きっとその芯は、これからの史の人生において大事なものになるだろう。

「ママのこと、思い出したのか？」

「……あのね、ままね、よくいってたの。いまはこんなにちっちゃいおうちにいるけど、ままがいっぱいがんばるから、いつかはおおきなおうちで、おおきないぬをかってしあわせにくらそうねって」

「…………」

「ぼく、おおきないえもおおきないぬもいらないっておもってた。だって、ちいさいおうちだったらいつでもままがみえるし、ままがすきなのはぼくだけでいいから」

史の目は真っすぐに庭を見る。佐知もあえて、史のほうを見ようとは思わなかった。子供は、大人の言うことをよく覚えている。大人が思うよりもずっと、子供の心には深く残っているのだ。

「でも、ままはこういうのがあこがれ？　だったんだなっておもって、だから、ここにままがいたらよろこんだのになあって」

「だから、マリアをうちに連れてきたがったのか？」

「ううん。あのね、まりあ、ぼくといっしょだとおもったの。ぼく、ままとはなれて、ひとりぼっちでさみしくて、すごくこわかった。まりあもそうだとおもったの。でもぼくは、ぱぱとさちがぼくのかぞくになってくれて、いまはすごくしあわせでしょ？　だからぼく、まりあのぱぱとさちになりたいとおもったの」

やっぱり史は、自分とマリアを重ね合わせていた。史の言った『まりあのぱぱとさちになりたい』という言葉に、胸がぎゅっとする。

史は本当に賢《かしこ》い子だ。だが、賢いからこそ損をしている時もあった。出会った時も、涙《なみだ》一つ流さず、誰《だれ》にも迷惑《めいわく》をかけないようにいい子でいようとした。あの時、史を泣かせてあげることができてよかったと、佐知は心から思っている。

史はマリアに、あの時の自分を見たのだ。マリアは賢い。面倒《めんどう》一つかけない。だけどそれは、マリアがそれだけ自分達に気を許していない、とも言える。

「でね、さっききゅうにおもったの。あ、これがままのあこがれだったんだなって。まりあはすっごくかわいいし、おうちはひろくてどこでもあそべるでしょ？　ままはこういうのがよかったんだなあって」

「違《ちが》うよ、史」

佐知の言葉に、ずっとぶらぶらしていた史の足が止まった。

「ママはたぶん、大きな家と大きな犬がいる暮らしに憧《あこが》れてた訳じゃないよ」

「でも、ままがそういってたよ？」

「ママは、ママがそういう暮らしがしたいんじゃなくて、史にそういう暮らしをさせてあげたかったんだよ」

「ぼく？」

アリアは子供の頃《ころ》、大半を母親と共に閉じ込められて過ごした。嫉妬深《しっとぶか》い父親が、母親を愛しすぎた上の暴挙。アリアにとって、史との狭《せま》いアパートでの生活は、自分が史に同じ思いをさせているように思えたのかもしれない。

全部想像だ。もうアリアはいないから、アリアの本心を聞くことはできない。佐知はアリアに一度も会ったことがない。それでも、史に残した動画に映るアリアを思い出せば、アリアが贅沢《ぜいたく》な暮らしを求めていた訳じゃないことぐらいは分かる。

「ママは、広い庭で大きな犬と楽しそうに遊ぶ史が見たかったんだよ」

「……そう、なのかな？」

「うん。そうだよ」

佐知は立ち上がり、居間へ戻る。そうして、居間に置いてあったポートレートを手に、縁側に戻った。

ことり。史の隣《となり》にポートレートを置き、その隣に自分も腰《こし》を下ろす。

「ここでマリアと史が走り回ってるのを見た時、すごく幸せな気持ちになったんだ」

「さちが？」

「うん。もちろん、どこにいたって史が笑ってると嬉《うれ》しいけど、ここだと独り占《じ》めしてるみたいな気持ちになったよ」

上手《うま》く言葉にできないことがもどかしい。本当はたぶん、大きな家も大きな犬もいらなかったのだ。でもアリアにとっては、それが史の幸せに思えた。

自分を幸せにするための夢じゃなく、史を幸せにしたいと願った夢。史はそんなこと望んでいなかったのに。ただそばにいるだけでもう十分に幸せだったのに。

だけど、佐知にはアリアの気持ちが分かる気がした。アリアはただただ、史を誰より一番幸せにしたかったのだ。

「史、ママの夢を叶《かな》えてあげちゃったじゃん」

「え？」

「だって、大きな家で大きな犬と史と過ごすのがママの夢だったんだろ？」

佐知はポートレートに視線を向ける。史もつられるようにそちらに目を向け、それからくしゃっと笑った。

「ぼくが、ままのゆめをかなえたの？」

「そ。すごいな、史」

「ふふ、そっか。……そっか！」

史はぴょんっと縁側《えんがわ》から飛び降り、庭に駆《か》けだした。

「ぼく、ままのゆめ、かなえちゃった！」

「わんっ！」

走り回る史に、尻尾《しっぽ》を振《ふ》ってマリアがついていく。

それを笑顔《えがお》で見守りながら、佐知は隣のポートレートに話しかける。

「でしゃばってすみません」

そこには、笑顔のアリアの写真が飾《かざ》られていた。アリアが史に残した動画から切り取って、伊勢崎が写真にしてくれたものだ。

「何だ、えらく大はしゃぎだな」

声にはっと気がついた。もうそんな時間か。顔を上げると、廊下《ろうか》を歩いてきたのは賢吾だった。

「何かあったのか？」

「ふふ、実はアリアさんがさ——」

佐知がここまでの経緯《いきさつ》を話すと、賢吾はよいしょとポートレートの隣に腰を下ろし、眩《まぶ》しそうに史を眺《なが》める。

「なるほど。アリアの夢、か。確かに、夢みたいだな」

「ああ」

後ろ手についた賢吾の手にそっと手を載《の》せる。賢吾と佐知の視線は、楽しそうに走り回る史に注がれていた。

「見せてやりたかったな」

「そうだな」

賢吾と佐知にとって、史は本当に大事で特別な存在だ。賢吾と佐知を今の関係に結びつけてくれたのも史で、二人にとっては欠かせない家族だ。だが、もしアリアが生きていてくれれば、と思うのだ。

そうしたら、二人はまだ結ばれていなかったかもしれない。今もまだ仲違《なかたが》いしたまま、すれ違っていたのかも。

それでも、アリアに生きていてもらいたかった。賢吾だって同じ気持ちのはずだ。

「アリアさんの分も、頑張《がんば》ろうな」

「おう」

頷《うなず》いて、賢吾が立ち上がる。

「よし史！　サッカーするか！」

「するー！」

「わんっ！」

庭に下りた賢吾がサッカーボールを蹴《け》ると、史とマリアがそれを追いかけていく。ずっと喧《けん》嘩《か》していたくせに、もうすっかり忘れてしまったみたいで、佐知は思わず苦笑《くしょう》した。まあ、それも家族だからこそ、かな？

「あれー？　史とパパは、喧嘩してたんじゃなかったっけー？」

「いまはきゅうけい！」

「休憩《きゅうけい》だよなあ？」

調子のいい二人に、佐知はぷっと噴《ふ》き出す。

「まったく……もうすぐ晩ご飯だから、早めに切り上げろよ？」

「分かってるって」

「あと、まだシーツを干してるから汚《よご》すなよ？」

「まあそれは、夜にまた汚すかもしれねえけど」

「……馬鹿《ばか》」

ちょっと頰《ほお》を赤くして、佐知はポートレートを持って立ち上がる。背中で楽しそうな賢吾と史の笑い声を聞きながら、幸せだなあと思った。

そしてこの幸せを、アリアが喜んでくれているといいな、とも。

「史は今日も、あなたのことが大好きですよ」

ポートレートの中のアリアが、『当たり前でしょ？』と笑った気がした。

「いいなあ、ふみ。こんなかっこいいいぬとずっといっしょなんだろ？」

「ちがうよ、あおと！　まりあはおんなのこなんだから、かっこいいじゃなくてかわいいなの！　とびきりかわいいの！」

「え、こいつおんななの⁉　じいさんじゃなくて⁉」

「もう！　あおと！　まりあにきこえちゃう！」

庭でマリアを撫《な》でる史と碧斗《あおと》の会話を聞きながら、佐知と舞桜は縁側でのんびりと麦茶を飲んでいた。

「せっかくの休みなのに、すみません。碧斗がどうしてもマリアちゃんを見たいってきかなくて」

「いやいや、今日は賢吾が仕事で出かけて史も退屈《たいくつ》してたから、逆に助かったよ」

賢吾は今日、吾郎と一緒《いっしょ》に出かけている。休日に出かけることは珍《めずら》しいのだが、今は健太の捜索《そうさく》もあるので忙《いそが》しいらしい。それに関してはほとんど佐知のせいなので、申し訳ない気持ちでいっぱいだ。先ほど、夕飯はいらないと連絡《れんらく》があった。せめて明日《あした》は、賢吾の好物を食べさせてやろうと思う。

「晴海さんも、仮眠《かみん》だけして疲《つか》れた顔で出かけて行きましたよ。……それにしても、本当に可愛い犬ですね。ぬいぐるみみたい」

「だろ？　もうほんとにすっごく可愛くてさあ」

史には内緒《ないしょ》だが、一度だけこっそり、史がトイレに行っている隙《すき》にマリアをぎゅっと抱《だ》きしめさせてもらった。もう本当に最高だった。賢吾は犬相手でもヤキモチを焼くのでスキンシップはほどほどにしているが、本当は佐知が一番マリアをもふもふしたいと思っている。でもやれば史が賢吾に絶対バラすので、死ぬ気で我慢《がまん》していた。

「舞桜のところは、猫《ねこ》を飼ってるんだよな？」

「はい。みゃあちゃんは、すっごく可愛いんですよ？」

舞桜はぱあっと花が綻《ほころ》ぶように自らの愛猫《あいびょう》のことを自慢《じまん》したが、佐知はいつ聞いても名前のインパクトのほうが気になってしまう。

「みゃあちゃん、ね」

独特なネーミングセンスだ。だが舞桜はそうは思っていないようなので、「か、可愛い名前だよな」と笑顔で返す。返せた自分を褒《ほ》めたい。

「ありがとうございます。あ、写真見ま——」

「ねえさちー！　おやつたべたいーっ！」

「ああ、もうそんな時間か」

スマホをデニムのポケットから取り出して時間を確認《かくにん》し、佐知はよいしょっと立ち上がった。

「せっかくだから、ホットケーキでも焼くか」

「やった！　ほっとけーき！」

「やったぁ！　さすがさち！　おれ、やまもりがいい!!」

「あ、ずるい！　ぼくも！　ぼくもだからね、さち!!」

「はいはい。じゃあ作るから、全員、ちゃんと手を洗ってくるように。マリアもだぞ？」

「わん！」

「俺も、お手伝いします」

「ありがとう、助かるよ」

そう言って居間に移動し、ふわふわのホットケーキに生クリームと苺《いちご》を載せて、皆《みんな》で仲良く食べていたのだけれど……？


「マリア、いらないのか？」

マリアにもおやつを、とジャーキーを差し出すと、マリアは「くうん」と鳴いて顔を背《そむ》ける。

「ジャーキーは嫌《きら》いなのかな？」

舞桜がよしよしと頭を撫でてそう言うと、マリアはもう一度「くうん」と鳴いた。

「いや、最近食欲《しょくよく》が落ちてきててさ」

碧斗とわいわい言いながらホットケーキを食べている史に聞こえないように、佐知は小さな声を出す。史にはマリアの食欲が落ちている話はしていないのだ。

もし史が気づけば大騒《おおさわ》ぎをするのは目に見えている。だが、史に食べろと目の前で見張られたら、マリアにとってはそれが余計にストレスになるだろう。

「ああ……動物って環境《かんきょう》の変化に敏感《びんかん》ですしねえ……」

マリアは史と楽しそうに過ごしてはいるが、ここのところ食欲は落ちる一方だ。何度かドッグフードを替えてみたが、どれも気に入らないらしい。

「せめて、いつも食べてたドッグフードがどれか分かるといいんだけどなあ」

佐知と舞桜が顔を見合わせてため息を吐《つ》いたところで、俄《にわ》かに廊下《ろうか》が騒《さわ》がしくなる。

『お、落ち着いてくださいっ！』

『うるさいよ、あんた達！　そこを退《ど》きな！』

「……？　どうしたんでしょうか？」

「さあ……？」

佐知と舞桜がもう一度顔を見合わせたところで、突然《とつぜん》居間の扉《とびら》がぱしんと開いた。

「あんた達！　ついてきな！」

入ってきたのはやたら気合いが入った着物姿の京香だった。

「ど、どうしたんですか？」

わいわい言いながらホットケーキを食べていた佐知達は手を止め、あっけに取られた顔で京香を見る。京香はそんな佐知達に苛《いら》ついたような顔をした。

「ホットケーキなんて食べてる場合じゃないんだよ、佐知！　ほらっ、早く行くよ！　いや、駄目《だめ》だね！　そんな恰好《かっこう》じゃ!!　まずはびしっと着替《きが》えてきな！　舞桜もだよ！　あんた、佐知のスーツが着られるだろう？　ほらっ、二人共早くスーツに着替えてきな!!」

「どこへ行くんですか？」

「そんなものはついてくりゃ分かるよ！　いいから早くおし！」

「は、はいっ」

何だか分からないがものすごい剣幕《けんまく》だ。佐知達が慌《あわ》てて立ち上がると、生クリームを口につけたままの史も立ち上がろうとした。

「きょうかちゃん、ぼくたちもきがえる？」

だが京香は、史の言葉に静かに首を横に振《ふ》る。

「いや、あんた達はお留守番だ」

「ええー!?　ぼくたちもいきたい!!」

「駄目だ！　いいかい、史。これは戦いなんだ」

「たたかい？」

「そうだよ。あたしらは今から、悪い奴《やつ》らをとっちめにいかないといけないからね。その間、あんた達には郁《いく》と幸《ゆき》を守っといてもらいたいんだ」

「いくちゃんとゆきちゃんを？　わかった！　ぼくたちがちゃんとまもるよ！　ね、あおと！」

「おう！　まかせとけ！」

「頼《たの》んだよ」

よく分からないまま、京香と史達の間で勝手に話がまとまる。そうして振り返った京香は般《はん》若《にゃ》の形相で言った。

「早く着替えてきなと言っただろう!!」

「は、はいっ!!」

慌てて廊下に飛び出しながら佐知は思った。これは間違《まちが》いなく吾郎絡《がら》みだと。そしてそれは、半分は正解だったのである。


「ほら、着いたよ。早く降りな」

スーツに着替えたところで京香に首根っこを摑《つか》まれ、ほとんど無理やりに車に押し込まれた佐知と舞桜が連れてこられたのは、高級クラブがひしめき合う繁華街《はんかがい》だった。

「いや、京香さん。まだ夕方ですよ？」

「何言ってんだい。最近は日曜の昼間でも開いてるところがいくらでもあるんだよ。しかももう夕方だからね。そろそろ酒も解禁の時間だろうさ」

この時点で、ああ吾郎が何かやらかしたな、と思っていたので、佐知と舞桜はほとんど諦《あきら》めの心境で京香の後ろをついて歩く。

嫌《いや》だなあ。京香の般若顔を見るのは久しぶりだ。また血の雨が降るのだろうかとため息を吐きそうになっていると、京香が足を止めた。

「ここだよ」

「え……？　いやいや、京香さん、ここはどう見ても——」

「いいから行くよ！」

むんずと佐知の腕《うで》を摑んだ京香が、さあ出陣《しゅつじん》だと言わんばかりにつかつかと中に入る。引き摺《ず》られるようにして中に入ると、そこにずらりと並んだのは綺麗《きれい》な顔をした……ホスト達だった。

どうしてホストクラブなのか。どうせまた吾郎が浮気《うわき》でもしたのだろうと思ったが、それなら行くべきは高級クラブかキャバクラのはずだ。

「いらっしゃいませ。申し訳ありませんが、今の時間はご予約のない方はお断りをさせていただいて――」

「中に連れがいるはずなんだよ」

「お連れ様、ですか?」

連れ? 佐知の頭の中も疑問符《ぎもんふ》でいっぱいだったが、とりあえずきょろきょろと中を見回してみる。

「佐知さん、あそこです」

控《ひか》えめな声を出した舞桜が指差した先に、ものすごく見覚えのある集団がいた。

……そこにいたのは、吾郎と賢吾と伊勢崎だった。

「へえ……やっぱり、お滝《たき》ちゃんの言った通りだったねえ」

滝というのは、京香の友人だ。料亭《りょうてい》で女将《おかみ》をしていて、この辺りではピカイチの情報網《じょうほうもう》を持つと言われている人である。

確かに、看板にはホストクラブと書かれていた。入口にはホスト達の写真が所狭《ところせま》しと貼《は》られていたし、入口でもホスト達が出迎《でむか》えてくれた。……はずなのに。

『やだぁ、あたし酔《よ》っちゃったかもぉ』

『そうか、そうか。それはいかんのう』

クラブの中はシックな内装で、落ち着いた雰囲気《ふんいき》を演出しているように見えた。だが、奥の奥。おそらくはVIPルームのような扱《あつか》いだろうその場所はどうだ。

「あそこだけ、キャバクラみたいですね」

佐知の心の言葉を声に出したのは舞桜だった。その言葉と同時に、ぴしっと何かにヒビが入る音がする。京香だ。京香がすぐそばにあったボトルを引っ摑んでいる。握《にぎ》っているだけなのにヒビが入るって、どういう握力《あくりょく》なのか。

「きょ、京香さんっ」

握り方が凶器《きょうき》にするための握り方だ。佐知は小声で必死に止める。

「どうせ老い先短い爺《じい》さんじゃないか。今死ぬのも、数年後に死ぬのも変わりゃしないよ。大丈夫《だいじょうぶ》さ、あのエロジジイの一人や二人、証拠《しょうこ》も残らず消して――」

「落ちついてくださいって！」

ここへ来て、入口に立っていたホスト達にも何かまずいことになっているらしいという空気が広がってくる。それはそうだろう。今や京香の表情は般若すら逃《に》げ出すほどの恐《おそ》ろしさだ。

「あ、あの、お客様、申し訳ありませんが――」

『やだぁ、吾郎ちゃんたら！』

『おっと、手が滑《すべ》ってしまったようじゃ、ほほっ』

あちらからは相変わらず楽しげな女性の声と、デレデレとした吾郎の声が聞こえてくる。

「佐知、幸と郁のことは頼んだよ？」

「駄目ですって！」

慌てて京香を羽交《はが》い締《じ》めにしたところで、また女性の声が聞こえてきた。

『ほら、賢吾さんも一緒《いっしょ》に王様ゲームしましょうよ！』

「……京香さん、ボトルで殴《なぐ》るなんて駄目ですよ。証拠が残ります。どうせやるならもっと完《かん》璧《ぺき》な方法で――」

「佐知さんまで何を言ってるんですか！」

舞桜の言葉にはっと我に返る。危ない危ない。怒《いか》りで我を忘れそうだった。

落ち着け、俺。賢吾が浮気なんかする訳がない。それは分かっている。何か事情があるのだ。

何か深い事情が――

『ねえねえ賢吾さんてば、せっかくだから抱《だ》っこしてぇ』

どんな事情があろうとも知ったことか！　むしろどんな事情でも許さん！　佐知と京香の胸

に、ぶわっと怒りの炎《ほのお》がともる。

「あーあ……」

困ったような舞桜のつぶやきが聞こえたが、その時にはもう、二人は一歩を踏《ふ》み出していた。

近づくごとに、席の様子がよく見えるようになる。賢吾の隣《となり》に座る女性の手が、今にも賢吾に触《ふ》れようとしているのが気に入らない。腸《はらわた》が煮《に》えくり返りそうだ。

「えらく楽しそうじゃないか？　あたしらも交ぜておくれよ」

「き、京香⁉」

京香の隣で足を止めた佐知には、振《ふ》り向きざまの吾郎の表情の変遷《へんせん》がよく見えた。声に反応し振り返り、驚《おどろ》き、焦《あせ》り、絶望に至るまでが。そこまでの恐怖《きょうふ》がありながら、何故《なぜ》同じ過《あやま》ちを何度も繰《く》り返すのか。

「ち、違うぞ？　これは、あれだ、ちゃんとした事情が——」

すぐに般若になるかと思われた京香は、とても可愛《かわい》らしくことんと首を傾《かし》げた。

「そうなのかい？　じゃあ、邪魔《じゃま》をしないほうがいいのかねえ？　ねえ、佐知？」

自分に賢吾の視線が注がれているのに気づいていたが、佐知はわざとその視線を綺麗に無視し、ふっと京香に微笑《ほほえ》みかけた。

「そうですねえ。何だかすごく楽しそうですしねえ」

「おい、誤解すんなよ？　これは史のために——」

賢吾の言葉に、佐知は初めて賢吾に視線を向ける。ぱちっと視線が合ってから、にっこりと笑ってみせた。

「史のために、女の子といちゃいちゃしてるって？」

「だから、これは例のやつの情報収集の一環《いっかん》で——」

「そっか、情報収集か。だったらしょうがないよな」

……とでも言うと思ったのかこのクソ野郎《やろう》が。

賢吾の腕に、そっと隣の女性が手を置いた。賢吾はすぐにそれを払《はら》ったが、だから許されるとでも思っているのか。

そうかそうか。接待とやらで行っている高級クラブでも、そうやって服に香水《こうすい》の匂《にお》いやら口紅やらをつけてきている訳か。そりゃつくよな。そんなに距離《きょり》が近いんだもんな。そりゃ口紅ぐらいつけられても気づかないよな。そんなに距離が近いんだもんな。

常日頃《つねひごろ》の鬱憤《うっぷん》が腹の底から溢《あふ》れ出してくる。

いい機会だ。そう佐知は思った。

佐知とて狭量《きょうりょう》ではない。賢吾が仕事の付き合いでそういう店に行くことは、死ぬほどムカつくけれど許容してきた。仕方がない。仕事だから。賢吾が好き好んで行っている訳ではないことも分かっていたから。

だが、だからと言ってムカついていない訳ではない。死ぬほどムカついている。ああムカついてるさ。今だって、許されるなら今この場で賢吾の顔をぱんぱんに腫《は》れあがるぐらい引っ叩《ぱた》いてやりたいぐらいにムカついている。

だが何よりもムカつくのは、賢吾が佐知のそういう部分を見誤っていることだ。あの男は、自分は死ぬほど嫉妬《しっと》深《ぶか》いくせに、どうしてそういうことができるのか。自分が嫉妬深いのと同じだけ、佐知が嫉妬で狂《くる》いそうになっていると何故理解できない。

目には目を。歯には歯を。嫉妬には嫉妬を。

「せっかくだから、俺も情報収集に協力しようっと」

佐知は笑顔《えがお》のままでそう言葉を返す。

「は?」

分からぬのなら、分からせてやろうホトトギス。やられたことは倍返し。覚悟《かくご》しろよ、このクソ野郎。

これがもし漫画《まんが》の世界なら、佐知の額にはしっかりくっきりと怒りマークが浮《う》かんでいたことだろう。だが残念ながら賢吾に見えるのは、にっこりとした佐知の作り笑いだけである。

「そうだねえ、佐知。お楽しみのところを邪魔したら悪いから、あたしらはあっちの席にしようじゃないか」

京香が、少し離《はな》れた席を指差す。

「お、おい京香っ」

「それじゃあ、ごゆっくり」

そうして京香は背後を振り返り、姐御《あねご》らしく貫禄《かんろく》のある悪魔《あくま》の微笑みを見せた。

「さあ、せっかくだから楽しませておくれよ。あたしを虜《とりこ》にすることができたなら、これまでの太客《ふときゃく》なんか目じゃないぐらい、稼《かせ》がせてあげるよ？」

京香の言葉に、ざわっと店内の空気が変わるのを感じる。すぐさま席に通され、佐知達が腰《こし》を下ろすのとほとんど同時に、ホスト達が挨拶《あいさつ》もそこそこに席についた。

「若い男なんか青臭《あおくさ》くて駄目《だめ》だと思っていたけど、どうしてなかなか可愛らしいじゃないか」

京香の手が、ホストの膝《ひざ》に載せられる。ただそれだけの仕草なのに、妙《みょう》に色を感じた。

いつも吾郎相手にぷんぷんと怒《おこ》っている京香ばかり見ていたので忘れてしまいがちだが、京香はすこぶるつきの美女である。今でも京香に憧《あこが》れる男性は多く、以前に商店街でメイド喫茶《きっさ》を催《もよお》しとして行った時には、京香目当てのおじ様達で長蛇《ちょうだ》の列《れつ》ができたほどだ。

「こんなおばさんの相手をさせて、悪いねえ」

「い、いえっ、そんなまさか、おばさんだなんて……っ」

百戦錬磨《ひゃくせんれんま》であるはずのホストが、もう京香に呑《の》まれている。さすがとしか言いようがない。

「京香！」

慌《あわ》てて吾郎が京香の名を呼ぶが、京香はつんとした顔で無視をする。当たり前だ。こちらは怒っている。そちらよりもよっぽど。

「俺、ホストクラブって初めてなんだけど、君のために何をしてあげたらいいのかな?」

精々怒れとばかりに、佐知も隣のホストに話しかける。賢吾の嫉妬は男女問わない。とにかく佐知が誰《だれ》かと話すだけで嫉妬するのが賢吾なのだ。

「え、えっと……そばにいてくれるだけで……」

「え? ごめん、聞こえなかった」

声が小さすぎて聞こえなくて隣のホストに顔を寄せれば、すぐに賢吾の声が飛んでくる。

「おいこら、佐知」

知ったことか。佐知もつんと無視をして、隣のホストに微笑みかけた。

「とにかく、お酒を呑めばいいんだよね? 俺、水割りがいいな」

賢吾には心底ムカついているが、現状、この店を異様な雰囲気《ふんいき》にしてしまっていることは心苦しい。佐知にできるのは、せめて売り上げに協力することぐらいである。

「は、はいっ、すぐに入れますっ」

ホストがかちゃかちゃと音を立てながら水割りを作り出すと、「酒を呑むなっ」と賢吾の怒号《どごう》が聞こえてきたが、それもつんと無視をした。

「賢吾さぁん、あっちのおばさんとお兄さん達だぁれ?」

「ねえねえ吾郎さん、あたしドンペリが呑みたぁい」

ドンペリ。ドラマや映画で名前は聞いたことがあるぞ。何か高い酒だよな。ふーん。ドンペ

Sakazaki

りね。ふーん。

「こっちもドンペリ入れてくれる？」

にっこり笑って佐知が隣のホストに伝えると、ホストはぱあっと表情を明るくして「ド、ドンペリ入りまーす！」と言った。

隣で京香もにっこり笑う。

「景気よく行こうじゃないか。ドンペリと言わず、この店で一番高い酒を持ってきな」

なるほど。ドンペリよりもまだ上があるのか。この際だ。ここはド派手に行ってやる。佐知

はそう決意する。

「おい佐知、いくらするか分かってねえんだろ。お前が思ってるような金額じゃ――」

「は？　それぐらい分かってますけど？」

佐知は胸ポケットから折り畳《たた》みの財布《さいふ》を取り出し、中からゴールドカードを取り出した。

「俺だって、それなりに稼いでるんですけど。開業医舐《な》めないでくれる？」

賢吾が持っている真っ黒のカードには及《およ》ばないのかもしれないが、佐知は普段《ふだん》から真面目《まじめ》に

貯金をしている。何十万だか知らないが、その程度でビビると思われては困る。

「やだあ、ゴールドカードだって」

「かぁわいい」

くすくすと笑う女性達の声が聞こえた途端《とたん》、賢吾が「うるせえっ」と怒鳴った。

「じゃあ、リシャール入りまーす！」

リシャール？　何か聞いたことあるな。佐知が首を傾げている間に、何故《なぜ》かホスト達がわらわらと増殖《ぞうしょく》してきて困惑《こんわく》する。

「……？」

「こら佐知、早くこっち来い」

「やだね」

ホストが新しく入れてくれた水割りを呑みながら、佐知はつんと賢吾から顔を背《そむ》けた。何で賢吾に命令されなきゃいけないんだ。俺は怒ってるんだぞ。

「そんな香水だらけの賢吾なんかいらないから」

「悪かったって。じじいがどうしてもって言うから、監視《かんし》に──」

「言い訳なんか聞きたくありませーん」

佐知はぐいっと水割りを呑み干す。何だ、高い酒っていうからどんなに美味《おい》しいのかと思ったら、いつも賢吾が呑んでるのと一緒《いっしょ》か。これなら呑み慣れてるし、もうちょっと呑んでも大丈夫《だいじょうぶ》そう。佐知はグラスをからからさせて、隣《となり》のホストにお願いした。

「もう一杯《いっぱい》ちょうだい？」

「は、はいっ」

そうして、一気に佐知達のテーブルはどんちゃん騒《さわ》ぎになる。

「……へえ、なるほど。大変なお仕事なんですねえ」

「そうなんだよ、皆《みんな》こっちのことを人間だと思ってないからさあ……」

舞桜は気が合ったのか、隣の席のホストやお客さんと話し込んでいた。京香の周りにはたくさんのホストが侍《はべ》り、まさに女王様、といった様子である。

「あはははは っ」

何だか分からないが楽しくなってきた。声を上げて笑った佐知が、ぐいっとまた水割りを呑み干……そうとしたところで、佐知の手を掴《つか》んでそれを止める者がいた。

「おい、もうそれ以上はやめとけ」

賢吾だ。

「何だよぉ」

せっかく呑もうとしていたところを邪魔《じゃま》されて、佐知はぷくっと膨《ふく》れる。楽しい気分に水を差すなよー。

賢吾に続いて吾郎もやってきて、京香の隣に座るホスト達を杖《つえ》で押し退《の》けた。

「京香っ」

「何だい?」

「帰るぞ!」

「あら、お前さん達はもうお帰りかい? あたしらはもうしばらく遊んでいくから、先に帰りなよ」

「京香！」

「……あんたは今、偉《えら》そうにあたしの名前を呼べる立場なのかい？」

いつも怒る時は般若《はんにゃ》のような表情になる京香が、今は氷のように冷たい表情をしていた。怒《いか》りも頂点を越《こ》えると、人は冷え切るものなのかもしれない。

吾郎が、ひくっと頬《ほお》を引きつらせた。

「おやおや、東雲組の組長ともあろうものが、女にちょっと凄《すご》まれたぐらいで怖気《おじけ》づくなんて情けないねえ」

「別に、怖気づいてなどおらぬ。儂《わし》はただ──」

「吾郎さん」

京香の代わりに、佐知はにっこりと笑って吾郎に声をかける。聞きたいのは、言い訳やご機《き》嫌取《げんと》りの言葉ではないのだ。

「帰って欲しいなら、言うべきことがあるんじゃないかなあ？」

吾郎がぐっと言葉に詰《つ》まる。賢吾はじっと佐知の顔を見て言った。

「一緒に帰ってくれ」

「はい、ブブー」

残念でした。別に丁寧《ていねい》な言葉が欲しい訳じゃない。

「こんな楽しいことを自分達だけでしてたなんて信じられないなあ。これからは俺も遊びに来ようかなあ」

本当に賢吾ときたら、何にも分かっていない。こんなところで女の子に囲まれていたのもムカつくが、佐知を仲間外れにしたこともムカつく。

素直《すなお》に言えばよかったのだ。ここに来る前に。そうしたら佐知だって、こんなに怒《おこ》ったりしなかったのに。いや、怒るのは怒ったかもしれないが、我慢《がまん》はちゃんとできた。

「もう二度としない」

賢吾はちゃんと分かっている。だから素直に、その言葉を言えばいいだけなのだ。

「悪いことしたら、何て言うんだっけ？」

「ごめんなさい」

賢吾の言葉に、周囲の空気がざわりと騒がしくなる。だが佐知の意識は賢吾だけに集中していたから気づかなかった。

「反省してる？」

賢吾の顔をじっと見る。

「してる」

真剣《しんけん》な表情はいつ見ても恰好《かっこ》いい。でも、どんなに恰好よくたって駄目《だめ》だ。すぐに甘い顔をしたら、賢吾はまた同じことを繰《く》り返すんだ。

「俺が何で怒ってるか、ちゃんと分かってる？」

「……ああ」

「そう」

佐知はにこにこ笑ったまま賢吾のネクタイを引っ張り、賢吾の顔を引き寄せてから低い声を出して凄んだ。

「今度俺に黙《だま》って自分だけで解決しようなんて考えたら、その時は檻《おり》に閉じ込めてペットとして飼ってやるから覚悟《かくご》しろよ？」

「……はい」

神妙《しんみょう》な顔をして頷《うなず》く賢吾を、周囲にいた人達が唖然《あぜん》とした顔で眺《なが》めていたが、知ったことか。普段ならもう少し賢吾の面子《メンツ》やらを気にするが、今の佐知は酔《よ》っている。そうだ、酒のせいだ。こういう賢吾を見せつけたいと思うのも全部、酒のせい。

「分かればよろしい」

機嫌を直した佐知は、自分の席を立ってそこに座るように賢吾を促《うなが》す。そうして賢吾が座った途端、その膝《ひざ》の上に腰《こし》を下ろした。

「賢吾、分かったか？」

賢吾の頬をぺちぺち叩《たた》く。

「何が？」

「お前が、俺が誰《だれ》かと話してるのを見てムカつくように、俺だってムカつく。それが内緒《ないしょ》でだったら尚更《なおさら》だよ。今度こんなことしたらお仕置きだからな？」

「悪かった。もうしねえ」

「お前のもうしないは信用できないんだよなあ。どうせ、いつもの馬鹿《ばか》みたいなヤキモチを焼いて、俺をこんなところに連れてくるのは嫌《いや》だ、とか思って黙ってたんだろ？　でもそれで結局こうやって俺を怒らせて、俺がもしお前の浮気《うわき》を疑って別れるって言い出したらどうするつもりだったんだ？」

「浮気を疑う気なんかねえくせに」

「可能性の話だよ。馬鹿だなあ、賢吾は」

賢吾の髪《かみ》をぐしゃぐしゃっと掻《か》き回す。佐知に何をされても抵抗《ていこう》しない賢吾を見ているのは気分がいい。周囲に人がいるなら尚更。賢吾にとって自分は特別なんだと、見せつけている気分だ。

こんなことを考えること自体、酔っている。普段《ふだん》は理性で抑《おさ》えつけている傲慢《ごうまん》な部分が、ひょっこりと顔を出す。

醜《みにく》くて恰好悪い。そうは思うけれど、目の前の賢吾がそんな佐知にちょっと嬉《うれ》しそうにしているのが分かるから、もう何でもいいや、と開き直った。

「吾郎さん？　賢吾はちゃんとごめんなさいしましたよ？　吾郎さんはできないの？」

佐知は吾郎のほうを向いてそう言って、ことりと首を傾《かし》げる。

「……ごめん、なさい」

吾郎が京香に頭を下げる。京香はふうとため息を吐《つ》いた。

「今回は、佐知に免《めん》じて許してあげるよ。本気で浮気をする度胸は、さすがにもうないだろうしね」

「……京香、儂を捨てんでくれ」

「捨てるならとっくに捨ててるよ。馬鹿だねえ、お前さん」

京香の言葉に、吾郎はあからさまにほっとしたような顔をした。佐知にも分かっている。吾郎はもう二度と、浮気はしないだろう。

史が吾郎の隠《かく》し子であることを承知で、京香はそれでも史を自分の孫として可愛《かわい》がっている。京香のその懐《ふところ》の深さに甘えてまた繰り返すほど、吾郎は馬鹿ではないはずだ。

「ねえちょっと、吾郎さんと賢吾さんを返してよぉ」

「せっかく楽しく呑《の》んでたのにぃ」

先ほどまで賢吾達と一緒《いっしょ》にいた女性達からブーイングが聞こえる。賢吾が何かを言う前に、佐知は賢吾の首に巻きついてにこっと笑った。

「ごめん。これは俺のだから、他《ほか》を当たってもらえる？」

一撃必殺《いちげきひっさつ》。酔ってとろりと妖艶《ようえん》さを増した自分の笑《え》みが、見た者全《すべ》ての心を射貫《いぬ》いたことなど知る由《よし》もない佐知は、そう言って賢吾の頰に自分の頰をぎゅっと押しつけた。

「なあ、賢吾？」

「ああ、そうだな」

　空気がざわっとしたことにも、佐知は気づかない。

「…………」

「……やだ何あれ」

「賢吾さん……恐《おそ》ろしく趣味《しゅみ》がいいわ」

　女性達が思わずため息を吐いたところで、こほん、とその場の空気を変える声がする。

「困りますよ、若頭《わかがしら》。今日はあくまでも、同じ客として話を聞くだけというお約束だったはずですが？」

　現れたのは、スーツ姿の美形の男。ちょっと見たことがないぐらいの美形だった。賢吾に伊勢崎、ジーノや月島など、容姿の整った男はこれまでも見たことがあるが、目の前の男はそれらとはまた違《ちが》う。

　磨《みが》き上げた美、とでも言えばいいのだろうか、皺《しわ》のないスーツ、きっちりと締《し》められたネクタイ、綺麗《きれい》に整えられた爪《つめ》、おそらく髪の一筋まで計算されてセットされているヘアスタイルは、この男の職業が間違いなく人に見られるためのものであることを物語っていた。

「悪いな、志藤《しどう》。一応、そのつもりだったんだがな」

賢吾に志藤と呼ばれたその人は、手の仕草だけで他のホスト達を下がらせ、佐知達の正面の席に腰を下ろす。

「それにしても、まさか若頭のそんな姿を見られるなんて、思いもしませんでしたよ。貴重な経験をさせていただきました」

男にくすくすと笑われて、賢吾がふんと鼻を鳴らした。

「うるせえよ」

「最近は若頭の纏《まと》う空気が変わったように感じていましたが、なるほど、納得《なっとく》です。振《ふ》り回されることすら幸せ、といったところでしょうか」

男はそっぽを向いた賢吾にくすりと笑ってから佐知と舞桜に順番に視線を向け、まるで手品みたいにどこかから出した名刺《めいし》をテーブルの上に置いて差し出す。

「初めまして。お二人とも、ぜひうちにスカウトしたいところですが」

そう言った途端《とたん》、賢吾と伊勢崎がむっとした空気を出したのが分かる。……って、あれ？伊勢崎、いつの間に舞桜の隣《となり》にいたの？

「……おっと、うちは揉《も》め事はごめんなので、諦《あきら》めますね」

賢吾と伊勢崎の殺気にも動じることなく、志藤はにこっと笑う。

「志藤北斗《ほくと》？」

名刺を手に取り、読んでみる。なるほど、志藤はこのホストクラブのオーナーらしい。

つける。

「ええ。本名なので、恥《は》ずかしいんですが」

ちっとも恥ずかしくなさそうにそう言って笑って、志藤はホストが持ってきたグラスに口を

「ここの経営者です。まあ、一応は現役《げんえき》で今もホストを続けていますが」

でしょうね、と言いたくなるぐらい、綺麗な男だ。鑑賞《かんしょう》用、と言ったら失礼なのかもしれないが、三百六十度、どこから見ても絵になる。見られることを商売にしている人間特有の華《はな》があった。しかもそれらすべてに品がある。極上《ごくじょう》のタイプの男だ。

「ここはマリアの飼い主が働いてた場所だ」

佐知の視線がずっと志藤に向いているのが気に入らないのか、賢吾が会話に割って入る。まあ何となくそうかなとは思っていた。それ以外に賢吾がホストクラブに来る理由がない。

「こちらも健太が急にいなくなって困っていたんですよ。しかも健太がいなくなってすぐに、極道《ごくどう》筋の方々が健太のことを捜《さが》しに来まして、どこに隠したんだとか出さないとただじゃ置かないとか騒《さわ》ぎ立てられたりもしましてね」

おそらく、公園で史の手からマリアを奪《うば》おうとしたのと同じ連中だろう。

「そんな時に東雲組の組長さんと若頭がやってきて健太の行き先を聞いてくるもので、俺としては仲間を売る気はない、とお答えしたんですよ。そうしたら、客として他の客から話を聞く分には問題ないだろう、なんて言われてしまって。仕方がないので、あくまでもお客様が楽し

める範囲《はんい》でなら、とお答えしたんですが、まさかこんなところで痴話喧嘩《ちわげんか》を始められてしまうとは」

志藤はそう言って苦笑いをしたが、そういう表情をしていても人の目を惹《ひ》くだけの艶《つや》があった。

これがホストか。常々、どうしてただ誰《だれ》かと一緒に酒を呑めるだけの時間に何百万も費《つい》やして身を持ち崩《くず》してしまう人がいるのだろうかと思っていたが、今目の前にいる男を見て初めてそれが理解できた。これは仕方ない。こんなに上質な男に魅入《みい》られてしまったら、そこら辺の男では満足できなくなるだろう。

「健太さんがいなくなって困ってるなら、どうして捜さないんですか？」

「去る者は追わないのが、この世界のルールですよ？　まあ、借金などがあれば別ですが」

夜の世界には様々な事情を持つ者がいる。突然《とつぜん》いなくなるのは日常茶飯事《さはんじ》だと、佐知も聞いたことがあった。

「……あの、お聞きしたいことがあるんです」

「何でしょう？」

「志藤さんは、マリアのことを知ってますか？」

「ええ。どうしてもと頼《たの》まれて、何度か預かったことがありますよ」

それが何か？　という顔をする志藤の手を、佐知は「よかった！」と言ってぎゅっと摑《つか》んだ。

「あのっ、マリアの好物を教えて欲しいんです！」

「え？」

「ここのところ、マリアの食欲《しょくよく》がなくて。色々試《ため》してはみてるんですけど、どれもあまり食べてくれなくて困ってるんです」

色々と試してはみた。ドッグフードが気に入らないのかもしれないと、インターネットで検《けん》索《さく》して手作りしたりもしてみたが、マリアの食欲は戻《もど》ってこない。飼い主がいないことが堪《こた》えているのかもしれないが、これぱかりはどうしようもない。せめて好物さえ分かれば、マリアの食欲だって少しは戻るかも。

地獄《じごく》に仏とばかりに佐知は志藤の手を握《にぎ》って訴《うった》えたが、志藤は何故《なぜ》か啞然《あぜん》とした顔をした。

佐知が首を傾《かし》げると、賢吾がくくっと笑う。

「まさか……そんなことを聞かれるとは思いませんでした」

「可愛いだろ？」

「なるほど。賢吾さんが骨抜《ほねぬ》きにされる訳ですね。ますますうちに欲しいですね」

「ふざけんな」

「え？　俺、何か変なこと言った？」

「いえ、すみません。ここのところ俺に会いに来る人は皆《みんな》、健太の行き先や、どうしていなくなったか、ということのほうを知りたがっていたので」

「あ！　もちろんマリアの飼い主のことも心配してるんですよ!?」

薄情《はくじょう》な人間だと思われたくなくて慌《あわ》ててアピールすれば、志藤は綺麗な顔を綺麗に歪《ゆが》めてくすくすと笑った。

「あなたと話していると、何だか緊張感《きんちょうかん》がなくなりますね」

「こいつは意外と肝《きも》が据《す》わってるからな。命を狙《ねら》われた直後に晩飯の心配をするようなやつなんだ」

「おい賢吾、まるで俺の食い意地が張ってるみたいだろっ」

一家の食事を担《にな》う者としては当然のことじゃないか。

「お腹《なか》が空いてると、ひもじい気持ちになるだろ？　お腹がいっぱいだと、幸せな気持ちになるし。だから、食事って大事だなって思ってるだけだし」

そんな風に考えるようになったのは、賢吾と史と暮らし始めてからのことだ。それまでは佐知だって、食事なんか二の次で、食べられるなら何でもよかった。けれど史と暮らすようになって、食事の大切さを痛感したのだ。

「なるほど。よく分かります。俺も食事はとても大切だと思いますよ」

「ですよねー！」

共感してもらえて嬉《うれ》しくて、えへへと笑う。アルコールが入っているせいで、感情の振れ幅《はば》が大きくなってしまっていることに佐知は気づいていなかった。

「健太も、同じようなことをよく言ってました。実家が農家だったらしくて、食材にも気を遣《つか》っていましたね。マリアの食事も普段《ふだん》から手作りしていましたよ。預かった時にレシピをトークアプリに送ってもらったので、よろしければお教えしましょうか？」

「ほんとですか⁉　ありがとうございます！」

「じゃあ、まずはＩＤの交換《こうかん》から」

「はい！　えっとじゃあ俺からおく……ぶっ！」

スマホをスーツの内ポケットから取り出そうとしたところで、賢吾にがばっと捕《つか》まえられる。

「ふぁ、ふぁにふるんふぁっ！」

何するんだと暴れても、賢吾の硬《かた》い胸板《むないた》に顔を押しつけられ、言葉にならない。

「油断も隙《すき》もねえな、志藤。ちゃっかり佐知と連絡《れんらく》先を交換しようとするんじゃねえぞ」

「はは、嫌《いや》だなあ、若頭《わかがしら》。他意はないですよ？」

「どうだかな。お前が佐知に目をつける気持ちはよく分かるが、絶対にホストなんかさせねえからな。分かったらそのレシピは俺に送っとけ」

「ぷはっ！　賢吾！　苦しいだろっ！」

ようやく賢吾の腕《うで》から抜《ぬ》け出し、お返しとばかりに賢吾の顔面をばしばしと叩《たた》く。

「え、えっとすみませんっ、連絡先を――」

「若頭のほうに送っておきました」

「え？」

「嫉妬《しっと》深《ぶか》い恋人《こいびと》をお持ちで、大変ですね」

志藤はそう言って、佐知がテーブルに置いていた名刺《めいし》を取って、もう一度差し出してきた。

「もし束縛《そくばく》が嫌になったら、いつでもうちへどうぞ」

「おい、てめえ……ぶふっ」

「すぐ怒《おこ》らない」

うるさいと賢吾の顔を手で押し退《の》け、佐知はその名刺を受け取る。そして内ポケットから自分の名刺を取り出した。

「おい佐知っ」

「この馬鹿《ばか》がまた勝手をしているのを見かけたら、その時はぜひご連絡ください」

「なるほど。承《うけたまわ》りました」

「…………」

賢吾はむすっとした顔をしたが、名刺を取り上げることはしなかった。

「またのお越《こ》しを」

「うるせえ。もう来ねえよ」

志藤に見送られて、ホストクラブをあとにする。何だかんだしている間にすっかり夜になっていた。史と碧斗には組員達が夕飯を食べさせてくれているだろうが、きっと今頃《いまごろ》むくれているに違《ちが》いない。

どこかで史達へのお土産《みやげ》を買って帰らないとなあ、なんて考えながら歩く佐知の手は、しっかりと賢吾の手と繋《つな》がれていた。

「ふらふら歩くと危ねえぞ」

「ふらふらなんかしてないぞー?」

けらけらと笑いながら、繋いだ手をぶんぶん振《ふ》る。賢吾は苦笑《くしょう》しながら「酔《よ》っぱらいが」と言った。

「酔ってないもん」

「はいはい」

「ほんとに酔ってない!」

「分かった分かった」

佐知と賢吾のやり取りに、周囲がくすくすと笑う。何だよぉと不貞腐《ふてくさ》れていると、前を歩いていた京香が言った。

「それで? マリアの飼い主のことは何か分かったのかい?」

答えたのは賢吾だ。

「客の女が言うには、最近やたらと岸田組のことを聞きたがっていたらしい。健太がいなくなったと知って、間違いなく岸田組に消されたと思ったと言っていた」

「え？　そんな……じゃあ今頃……？」

「いや、そうだとしたら、岸田組が今も捜《さが》してるはずがねえだろ？　組員達に探《さぐ》らせたところ、岸田組は今も健太の家の周辺を張ってるらしい。まだ健太が見つかってねえ証拠《しょうこ》だ」

「どうやら新しいタイプの合成麻薬《まやく》に岸田組が手を出したらしいという噂《うわさ》は、ホステス達の間で回っておるようでな。ああいうものはレイプドラッグとも言われておるから、危険を回避《かいひ》するためにも彼女達のような女子《おなご》のほうが情報に詳《くわ》しいこともある。そう思って尋《たず》ねてみたら、あの店でも一時期売っていた男がおったようだ」

「健太さんではないんですよね？」

吾郎の言葉に驚《おどろ》いた佐知の言葉に答えたのは、京香だった。

「違うだろうね。あそこのホスト達は皆、口を揃《そろ》えて『健太は志藤さんに心酔《しんすい》してる』って言ってたんだ。そんな男が、志藤に迷惑《めいわく》をかけるようなことはしないだろうさ」

吾郎への嫉妬《しっと》に狂《くる》ってどんちゃん騒《さわ》ぎをしていたように見えた京香が、しっかりとホスト達から情報収集していたことを知って、佐知はちょっと自分が情けなくなる。

しょぼんとした佐知を慰《なぐさ》めるように、京香がばしっと佐知の背中を叩いた。

「まあでも、結局は誰《だれ》も健太がどこにいるか知らなかったからね。また一からやり直しだ。さあ、せっかくだから夕飯でも食べて――」

「あの、それなんですけど……」

控《ひか》えめに後ろを歩いていた舞桜が声を上げる。

「皆《みな》さんを待っている間、俺も周囲の人に話を聞いてみたんです。そうしたら、健太さんのお客さんで、ちょっと気になることを言っている方がいました」

「言ってみろ」

賢吾に促《うなが》され、舞桜は「はい」と頷《うなず》いた。

「健太さんと同伴《どうはん》の約束をしていたそうなんですが、その時にドタキャンをされたらしいんです。怒って電話したらものすごく小声で『今ちょっと隠《かく》れてるから後でかけ直す』と答えたそうなんですが、それっきりかかってこないと言っていました。お仕事柄《がら》、お客様に連絡をしないまま、ということはなさそうですし、行方《ゆくえ》不明になったのはおそらくその時のことが原因だと思うんです」

「え、舞桜、いつの間にそこまで聞き出してたの!?」

「皆さんが派手に騒いでいてくださったので、他《ほか》の方にお話が聞きやすくてよかったです」

「あ、そうなんだ。は、ははは」

さすが舞桜。そう絶賛したいところだったが、佐知は背後から発せられる殺気に気づいてしまった。

「伊勢崎君さ、君、今日は怒る資格ないんじゃないのかな？」

「は？　別に怒ってなどいませんが」

いやいや、めちゃくちゃ怒ってるでしょうが。舞桜に怒れないからって、俺に八つ当たりするのはやめて欲しい。

「他に何か言ってた？」

「電話の向こうで電車の音がしていた、と言っていましたね」

「電車の音……か」

賢吾は顎《あご》に手を当て、伊勢崎は手早くスマホを操作した。

「あの辺りは山寺《やまでら》組のシマなので、あちらの補佐《ほさ》に隠れられそうな場所を知らないか聞いてみましょう」

「いや、俺が直接行く。別に組同士で喧嘩《けんか》するつもりじゃねえからな。あまり下に話が回らねえほうがいい」

「分かりました」

「儂《わし》も行くか？」

「お前さんは、しばらく謹慎《きんしん》だよ」

京香に怒られ、吾郎はしゅんと肩《かた》を落とす。

「まあまあ。それだけ京香さんに愛されているってことじゃないですか」

取りなすように舞桜が言ったが、それはちょっとどうなのか、と佐知は密《ひそ》かに思った。それで言うと、ちっともヤキモチを焼かれていない伊勢崎が、まるで愛されていないようでは……いや、これ以上考えるのは止《や》めよう。脳内まで取り締《し》まってくる伊勢崎に、もしそんなことを考えているのがバレたらたいへ——

「ひっ!!」

じとっとした目でこちらを睨《にら》んでいる伊勢崎に気づき、佐知は思わず悲鳴を上げて賢吾に抱《だ》きついた。

「おいどうした。佐知は甘えん坊《ぼう》でいけねえなあ」

賢吾が嬉《うれ》しそうに肩を抱いてくる。違うわ馬鹿かと思ったが、伊勢崎と目を合わせるよりはましかと、佐知はえへへと愛想笑《あいそわら》いで誤魔化《ごまか》した。

伊勢崎め、八つ当たりするなんておとなげないぞ。

そして次の日。

ホストクラブで呑《の》んでしまった水割りがことのほか後を引き、本日もぐったりしている佐知だったが、何とか週明けの仕事を終えて帰宅し、重い体を引き摺《ず》って史とマリアの散歩に付き合っていた。

「ねえ、まりあのかいぬし、まだみつからないの？」

「パパも山田さんも捜してるけど、全然分からないみたいだ」

この街のことで、賢吾が知らないことはあまりない。もしかしたらもうとっくに遠くへ逃《に》げてしまったのかもしれない、とも思う。けれどマリアを見ていると、本当に大事にされていたのが分かるから、佐知はもしかしたら、と思うのだ。

綺麗《きれい》な毛並み、ちゃんとした躾《しつけ》。マリアの毛は長く、ブラッシングをしてやらないとすぐに絡《から》まってしまう。かなり手間がかかる犬種だ。佐知達がマリアと会った時、マリアの毛並みはとても綺麗に整えられていた。これほど大事にしている犬を、そう簡単に捨てていくだろうか。

昨日志藤からもらったレシピを見てから、佐知のその思いは更《さら》に深くなっている。それはマリアの体を気遣《きづか》ったとても手間がかかるもので、そのレシピ通りに作ったところ、マリアの食《しょく》欲《よく》は一気に回復した。

もちろん、世の中には平気でペットを捨てる人達がいることを知っている。引っ越《こ》し先がペット不可だから、鳴き声がうるさいから、懐《なつ》かなかったから、病気になったから。そんな自分勝手な理由でペットを手放す一部の人達は、もし自分が同じような立場になった時、捨てられる覚悟《かくご》がある人達なんだろうかと思うことがある。

少なくともマリアの飼い主は、そういう人ではないような気がしている。これはただの勝手な佐知の想像で、もしかしたら的外れなことかもしれないが。

「このまま、みつからないといいのにね」

史の言葉に、佐知は「こら」と史の頭を軽く押した。

「そういうことを考えるのはよくないぞ。マリアの飼い主は、もしかしたらどこかで一人で困ってるかもしれない。助けを待ってるかもしれないだろ？」

「……ごめんなさい。でも、もしかしたらただまりあをすてっちゃったのかもしれないでしょ？　そしたら、かいぬしがみつかってもまりあはかなしいままだもん。だったら、みつからないほうがいいよ」

史は、どうしても飼い主がマリアを置いて行ったことが許せないらしい。まあ、史は全面的にマリアの味方だから仕方がない。

「その時は、史がマリアの味方でいてあげるだろ？」

「もちろんだよ！　ぼく、ずっとまりあのみかただから！」

史が意気込んでそう言うと、マリアが「わん！」と返事をする。ありがとう、と言ったみたいな気がして、史と佐知は顔を見合わせて笑った。

「さあ、それじゃあ決意表明も終わったところで、家に帰ったらまずはお風呂《ふろ》に入って、それからご飯の準備をしような」

「うん！　きょうのばんごはんはなぁに？」

「うーん、今日の晩ご飯はステーキかなあ？」

東雲組にはお中元やらお歳暮やらが山のように届くので専用の貯蔵庫があるのだが、先日そこを覗《のぞ》いたら賞味期限間近の食べ物がたくさん出てきた。捨てるなんてもったいない高級品ばかりだ。先日から佐知は、それらを食べ尽《つ》くすことに躍起《やっき》になっている。

「え、すてーき⁉　やったぁ‼」

「この間、食べられなかったしな」

「わーい！　すてーきだぁ！　まりあ、すてーきだって！」

マリアのリードを持ったまま史が嬉しそうに小躍《こおど》りを始めたので、つられてマリアもぴょんぴょん跳《は》ねる。

「喜ぶのはいいけど、転ばないようにな」

「わかってるもーん！」

そうして曲がり角を曲がり、家が見えてきたところで、佐知は入口に黒塗《くろぬ》りの高級車が停《と》まっているのに気づいた。

「あれ、お客様か」

賢吾は今日、健太の件で東雲組の幹部である組長の一人の山寺と会うことになっている。夕飯には間に合うように帰ると言っていたが、もしかして山寺と一緒《いっしょ》に食べるつもりで連れ帰ったのだろうか。

参ったなあと思って足を止める。賢吾と山寺は入口で立ち話をしていた。込み入った話をしている可能性もある。邪魔《じゃま》しないように裏口から入ろうと史に声をかけようとしたが、そうする前に史が賢吾に気づいてしまった。

「あ、ぱぱだ！」

「こら、史っ」

佐知の制止を聞かず、史が大きな声を出す。

「ぱぁーぱぁーっ!!」

険しい表情で話をしていた賢吾がこちらに気づいて、ふっと相好《そうごう》を崩《くず》した。史はマリアと共に賢吾に向かって一直線に駆《か》け出していく。

「おかえりなさぁーいっ!!」

「帰ってきたのはお前だろ？」

どん、と体当たりしてくる史を危なげなく受け止め、賢吾は笑いながら史を抱き上げる。史はその際にリードを離《はな》したが、よい子のマリアは賢吾のそばでちゃんとお座りをした。

「あのねあのねっ、ぱぱ、きょうはね、すごいんだよ！」

「どうした？」

「なんときょうのばんごはんはね、すてーきなの！　すごいでしょ!?」

史の重大発表に笑ったのは、賢吾と立ち話をしていた山寺だ。

「そうか。今日の坊《ぼん》の晩飯はステーキか。そりゃすごいな」

「あ、やまでらのおじちゃん！　こんばんは！　そうなの、すてーきなの！　すごいでしょ！」

やめてくれ、史。ステーキでそんなに喜ばれたら、俺が普段《ふだん》、賢吾と史にどんな食生活をさせているのかと思われるだろ……。内心で頭を抱《かか》えながら、佐知は仕方なしに賢吾達に近づいた。

「おう、佐知。今日の晩飯はステーキだってな」

「こんばんは、山寺さん」

項垂《うなだ》れながら挨拶《あいさつ》をすると、山寺はばしばしと佐知の肩《かた》を叩《たた》いて豪快《ごうかい》に笑う。

「そんな顔をすんな、佐知。別に佐知が若と坊に豚《ぶた》の餌《えさ》食わしてるなんて思ってねえよ」

「豚の餌……」

佐知の想像よりもひどかった。佐知が更に肩を落とすと、賢吾が「おい」と目くじらを立てる。

「佐知の飯は豚の餌じゃねえぞ。そんじょそこらの店じゃ相手にならねえぐらいに美味《うま》いんだからな」

やめろ賢吾。今ここで身内に庇《かば》われるのは傷口に塩を塗《ぬ》り込まれるのと一緒だ。

「ははは、悪《わり》ぃ悪ぃ。佐知の飯が美味いのは、若から耳にタコができるほど聞いてるよ。それより何つうか、お前ら、いい家族になったなあ」

「え？」

「俺はな、自分にガキが生まれた時、何とも思わなかった。今思うと、後先考えられるだけの頭がなかっただけだがな。だがな、今度孫が生まれることになったんだ」

「そうなんですか⁉　おめでとうございます！」

「おう。……そうしたらな、初めて怖《こわ》いと思ったよ。俺がこんな世界に生きてるせいで、孫の命の心配までしなきゃいけねえのかって」

「…………」

極道《ごくどう》として生きる以上、家族も無関係ではいられない。常識の通じない世界だ。目的を達成するためなら平気で相手の家族を手にかけるものだっている。

「まあ、何が言いたいかというとだな、お前らを見てると、堅気《かたぎ》の世界も悪くねえなって思えるってことだ」

山寺は史の頭をぽんぽんと撫《な》で、それから同じことを佐知にもした。佐知の頭に手が載った瞬間《しゅんかん》、賢吾がむっと唇《くちびる》を尖《とが》らせたのが分かったが、さすがに空気を読んで怒《おこ》り出さなかったことを称《たた》えたい。

佐知と史に優《やさ》しい表情を向けてから、山寺は足元にいるマリアに目を向けた。

「これが例の犬か」

「ああ」

「東雲組ともあろうものが、犬の飼い主捜《さが》しをする羽目になるとはな」

口ほど嫌《いや》そうでもなく、マリアの頭をくしゃくしゃっと撫でてから山寺は笑う。

「堅気になった暁《あかつき》には、探偵《たんてい》でもするか」

「そりゃあいい。どいつもこいつも、気配を消すのは無理そうだがな」

賢吾の言葉に、「違《ちが》いねえ」と今度は声を上げて笑った山寺は、いつもの貫禄《かんろく》はどこへやら、普通《ふつう》の優しいおじさんのようだった。

「佐知の飯、食ってくか？」

「いや、お前らを見てたら、家族に会いたくなっちまった。帰って嫁《よめ》に怒られながら茶漬《ちゃづ》けでも食うわ」

賢吾の誘《さそ》いを断って、山寺は車に乗り込む。

「さっきの件、分かり次第《しだい》連絡《れんらく》する」

「そうか。助かる」

そうして山寺は、史に手を振《ふ》りながら帰っていった。

「何かごめん。邪魔しちゃったか？」

「いや。山寺の車でここまで帰ってきただけだ。山寺も家に帰りたくなったんだから、よかったんじゃねえか？」

「家に帰りたくなったからよかった？　普通は家に帰るだろ？」

「山寺は、愛人が山ほどいるからな」

「……最低」

佐知がじとっとした視線を向けると、賢吾は「俺は関係ねえだろ」と言ったが、ちっとも関係なくない。吾郎もそうだが、極道の世界にいる人間はどうも浮気性《うわきしょう》が多い気がして油断ならない。賢吾に限って浮気などしないと分かってはいるが、しれっとした顔をして愛人が山ほどいるなんて言う辺りが憎《にく》たらしい。

「ねえぱぱ、やまでらさん、まりあのかいぬしをさがすの？」

「いや。山寺の組の傘下《さんか》の不動産屋に、人が隠《かく》れてそうな空き物件がないか調べてもらえないかと頼《たの》んだだけだ。さっきまでは渋《しぶ》ってたんだがな、史が来たお陰《かげ》で助かった」

「え？　ぼく、ぱぱのやくにたった？」

「ああ。すごくな」

賢吾に褒《ほ》められ、自慢《じまん》げに史の鼻の穴が開く。今僕は褒められました！　ものすごく嬉《うれ》しいです！　と言わんばかりの表情の分かりやすさ。

「ぷっ」

思わず笑ってしまったら、すぐに史に睨《にら》まれた。

「なんでわらうの⁉」

「ご、ごめんごめん、史がパパの役に立ってよかったなあ」

「ぷっ」

必死に堪《こら》えて弁明したのに、今度は賢吾が噴《ふ》き出した。

「ぱぱもわらった！」

「い、いや、史があんまり役に立つから、な……っ」

「もう！　ふたりともきらい！」

「ごめんって」

「悪かったって」

「しらない！」

すっかりへそを曲げてしまった史に謝りながらも、まだ笑いの余韻《よいん》が引いていかない。

賢吾の腕《うで》から下りた史が、ぷんぷん怒りながらマリアと屋敷《やしき》の中に入っていく。それでもしばらく二人は笑い続け、とうとう戻《もど》ってきた史にまた怒られるのである。

「まりあ、いこ！」

「ふたりとも、それいじょうわらったらおうちにいれないからね!!」


山寺から連絡があったのは、その二日後のことだった。

山寺の部下が見つけたという何件かの空き物件は、それぞれ意外なほどに東雲組から近い場所にあった。

「健太は身寄りがないらしい。準備をする暇《ひま》もなく逃《に》げたようだから、おそらく所持金も大してないはずだ。まだ家の周辺には張りついてるやつらがいるが、ほとぼりが冷めた頃《ころ》に荷物を取りに戻ることを考えたら、さほど離《はな》れたところにはいねえんじゃねえかと思ってな」

「なるほど。下手に遠くに行っても、土地勘《とちかん》がないと余計に不安かもしれないしな」

「……ところで、お前らほんとに一緒《いっしょ》に行くのか？」

賢吾がいつも仕事で使っている車の後部座席に仲良く座る佐知と史とマリアを見て、助手席の賢吾がため息を吐《つ》く。

「今更《いまさら》何言ってんだよ、行くからここにいるんだろ？」

一緒に車に乗り込んでいるのに、今更何を言っているのかと佐知が呆《あき》れ顔を見せると、史とマリアも賢吾に主張する。

「そうだよ！　いくからここにいるんだもん！」

「わん！」

「まだ、そこにほんとにいるかどうか、分からねえんだぞ？」

「でも、いるかもしれないだろ？　もし、ほんとにその健太って人がいたとして、必死に隠れてるのにお前みたいな顔の怖い、如何《いか》にも極道です、みたいな人間が来たら、ビビッて意地でも出てこないって」

「そうだよ！　でてこないよ！」

「分かった分かった。その代わり、言うことはちゃんと聞けよ？」

「はーい！」

佐知と史がよい子のお返事をしたら、賢吾が胡散臭《うさんくさ》そうにこっちを見てくる。

「何だよ」

「ほんとに分かってるんだろうな」

「失礼だな。俺はいつでもよい子だぞ？」

「ぼくも！　ちゃんとおやくそくをまもるいいこだよ？」

「……はあ」

ちゃんと分かっていると二人でアピールをしたのに、あからさまに賢吾にため息を吐かれた。

失礼なやつだな、おい。

「若は、佐知さんと史坊《ぼっ》ちゃんに甘すぎますよ」

それまで黙《だま》っていた伊勢崎が、運転席からうんざりした声を出す。

「じゃあ伊勢崎、お前がこいつらを説得しろよ」

「俺に丸投げするつもりですか？　まったく……」

先手を打ったのは史だった。

「ぼくたちをおいていったら、まおちゃんにいいつけるからね！　いせざきさんが、ぼくとさちにいじわるしたって！」

なかなかいいところを衝《つ》いてくる。だが相手は伊勢崎だ。それぐらいで怯《ひる》むはずもなく、余《よ》裕《ゆう》の笑《え》みで史の言葉を受け止めた。

「別に意地悪ではないので、どうぞ言いつけてくださっても――」

「じゃあ、このあいだみつけたらぶれたー、まおちゃんにみせるから」

キキーッ!!

「うわっ!」

「おい、伊勢崎っ!」

車が急停止した。もちろん全員シートベルトはしているが、佐知は慌《あわ》てて史とマリアを手で押さえる。伊勢崎め、何て危ないことをするんだ。

ここが人通りの少ない道でよかった、と安堵《あんど》する暇もなく、般若《はんにゃ》が振り返る。

「ラブレター? 何のことです?」

滅多《めった》にお目にかかれないほど怒《おこ》っている伊勢崎に、佐知は思わず「ひっ」と悲鳴が漏《も》れたが、史は怯むことなく伊勢崎に言い返した。

「うちのぽすとにはいってたんだよ? ぼくね、いせざきさんがまおちゃんにおこられたらかわいそうだからかくしといたの。でも、いせざきさんがいじわるするならまおちゃんにみせるもん」

史、お前は何て命知らずなんだ。お前の目の前にいるのは鬼《おに》……いや、妖怪《ようかい》? それとも悪《あく》

魔《ま》？　とにかく何でもいいが、なるべく怒らせちゃいけないものなんだぞ。

佐知がはらはらしていると、地を這《は》うような低く恐《おそ》ろしい声が聞こえた。

「俺宛《あ》ての郵便物を、勝手に読んだということですか……？」

「よんでないよ？　でも、くみいんのみんなが、いせざきさんあてのらぶれたーですよっていってたもん」

「あいつら……っ」

何という事だ。組員達にまで飛び火してしまった。ごめんな、皆《みんな》。思わず手を合わせて拝んだ。俺は無力だ。組員達のことを助けてやれない。だって伊勢崎が怖《こわ》すぎる。

「いせざきさん、ぼくいいこだから、いせざきさんがぼくにいじわるしないなら、らぶれたーはちゃんとかえすね」

「……血ってのは恐ろしいもんですね、若。恐喝《きょうかつ》なんて立派な極道《ごくどう》じゃないですか」

「ははは。お前の負け、だな」

小さくため息を吐いてから、伊勢崎が前に向き直った。どうやらこの勝負、史に軍配が上がったらしい。その後の報復が恐ろしい気がするが、考えないようにしよう。

そうしてまた車が走り始めてから、史がこそっと佐知の耳元で囁《ささや》いた。

「あのね、いぬかいさんがいてね、こまったときのこうしょうざいりょう？　に、もっておきなさいっていってくれたんだよ？　やくにたってよかったね、さち」

史、小さな声で言っても、さすがに車内にいる伊勢崎君には聞こえてしまうと思うんだ。

ぐっと伊勢崎がハンドルを握《にぎ》りしめたのを見逃《みのが》さなかった佐知は、犬飼《いぬかい》の高笑いが聞こえた気がしてため息を吐く。

あの人、前に京都で伊勢崎に茶化《ちゃか》されたの、相当根に持ってたもんなあ。

正月の会合がきっかけで椿の父親である佐野原と佐知が揉《も》めた頃、そう言えば犬飼もこちらに来ていた。史に入れ知恵《ぢえ》をしたとすればその時だろう。

犬飼は、東雲組傘下《さんか》の佐野原組のお抱《かか》え弁護士である。佐野原組組長の佐野原椿に恋心《こいごころ》を捧《ささ》げており、自らの一族の財閥《ざいばつ》経営をしながら、椿のそばにいるためだけに弁護士もしている変わり者だ。

伊勢崎と犬飼は水と油で、とにかく仲が悪い。特に伊勢崎が舞桜と結ばれてからは、更《さら》にその争いが激化していた。

伊勢崎も悪い。いまだに椿との恋が実らず（犬飼本人は両思いだと言い張っているが）、犬飼が苛立《いらだ》ちを募らせているのを承知の上でからかうから、このような仕返しに遭《あ》うのだ。

最近の史の憧《あこが》れは、伊勢崎と犬飼である。どちらにも絶対に似て欲しくない。史の先行きが不安な佐知だ。

「……ここですね」

「よし、史とマリアは伊勢崎と一緒にここで留守番してろ」

「なんで⁉」

「今にも潰《つぶ》れそうな廃屋《はいおく》だからな。まずは危険がないか確認《かくにん》してくる。すぐに呼ぶから、それまで待ってろ」

「……ぼく、だいじょうぶなのに」

史はぷうっと不貞腐《ふてくさ》れたが、賢吾に「言うことはちゃんと聞くはずだろ？」と言われて、渋々承諾《しぶしぶしょうだく》した。

「すぐよんでね！　ぜったいだよ⁉」

「分かった分かった」

そうして車を降りた二人は、窓に張り付いてこちらを見ている史とマリアの視線を感じながら、廃屋に向かって歩き始める。

「あいつ、探検か何かと勘違《かんちが》いしてるんじゃねえか？」

「史は、マリアの飼い主にマリアを渡《わた》したくなくて必死なんだよ」

「まだ諦《あきら》めてねえのか」

「自分がマリアを幸せにしてやるんだって、そう思ってるみたいだな」

「そんなに犬が可愛《かわい》いかねえ」

「犬だから、って訳じゃなくて、史はマリアに自分を投影《とうえい》させてるんだよ」

「自分？」

「史は独りぼっちになって寂《さみ》しかったけど、その後でお前が迎《むか》えに来て、それで幸せになった。要するに、史はマリアにとって、自分を助けてくれた時の賢吾になりたいって訳」

史にとって、賢吾はヒーローだ。子供がヒーロー戦隊に憧れて真似《まね》するように、史は賢吾の背中を追いかけている。

「………」

「可愛いよな？」

「今すぐ戻《もど》って抱《だ》きしめてえぐらいにな」

「ははは、よかったなあ、パパ」

「それで、お前は？」

「え？」

「お前は、何でついてきたんだ」

「だから、お前の顔が怖いから――」

「それだけか？」

「そうだよ」

佐知は何でもない風を装って、「いいから早く行くぞ」と賢吾を急《せ》かした。

賢吾の疑問は当然だ。これまでの佐知なら、健太の捜索《そうさく》は賢吾に任せて家で留守番していただろう。それが一番安全だし、無理に極道の問題に首を突《つ》っ込まないようにしていたからだ。

でもそういうのはもう終わりにする。まだ面と向かって賢吾に、俺だってお前の役に立つ、と言えるほどにはなれないけれど、いつまでも部外者ではいたくない。

そんなことを考えている間に、廃屋に到着《とうちゃく》する。

「ここ?」

「ああ」

都会の喧騒《けんそう》の中にぽつんと佇《たたず》む廃屋には、奇妙《きみょう》な静けさがあった。そこだけが別空間になっているみたいだ。

元はアパートだったのだろう。掠《かす》れて字が見えなくなった看板が今にも落ちそうになりながら、何とか引っかかっている。蔦《つた》が全体を覆《おお》い、建物までの道のりにも雑草がこれでもかと生えていた。

「おい、見てみろ」

賢吾が指で示した場所に目を向けると、雑草が踏《ふ》み荒《あ》らされた形跡《けいせき》があった。それは建物まで続いていて、それが健太かどうかは分からないが、誰《だれ》かが最近ここを訪《おとず》れたことは間違《まちが》いない。

「ビンゴ、だといいんだがな」

行くぞ、と歩き始めた賢吾の袖《そで》を摑《つか》むと、賢吾が首を傾《かし》げて振《ふ》り返った。

「どうした?」

「いや、別に。ただ、離《はな》れないほうがいいかなと思って」

「……お前、もしかして怖いのか？」

「ま、まっさかーっ！　そんな訳ないじゃん！」

「そうだよなあ。まさかだよなあ」

賢吾は意地悪く笑いながら佐知の背中を押し、前を歩かせようとしてくる。

「嘘《うそ》ですすみませんめっちゃ怖いです」

素直《すなお》に白状して、賢吾の背中に張りつく。こいつほんと何なの？　何で俺が怖がってるとそんなに嬉《うれ》しそうなんだよ。

「最初から素直にそう言えよ」

「何を楽しそうにしてんだよ、お前頭おかしいんじゃないのか？　何で怖くないの？　きっと恐怖《きょうふ》って感情が馬鹿《ばか》になって……うわあああっ、ごめんなさいっ！」

途中《とちゅう》で賢吾に無理やり前に押し出され、慌《あわ》てて謝って賢吾に抱《だ》きつく。

「お前には人の心がないのか!?」

「あるから怒《おこ》ってんだろうが。言いたい放題か」

そうして、小競《こぜ》り合いを続けながら建物の中に入った。

「そんなに怖いなら、車で待ってればいいだろうが」

「いや、だってそもそも健太さんを捜《さが》すって言い出したのは俺なんだし」

東雲組の会合に賢吾と共に出た時、佐知は決めた。これからはどんな時でも賢吾の隣《となり》に立つ、と。ただ賢吾に守られるだけの存在でいるのはもう嫌《いや》だ。自分の言葉の責任を賢吾だけに押しつけるのも、もう終わりにしたいのだ。

「……まあ、お前の気のすむようにすればいいが、なるべく離れるなよ？」

「わ、分かってるよ」

言われなくても、佐知には廃屋を一人でうろうろするような根性《こんじょう》はない。

「頭、気をつけろ」

ドアがあったであろう場所には何もなく、代わりにすだれのように植物が垂れ下がっていた。それを手で除《よ》けてくれながら、賢吾が佐知の手を引いてくれる。

「うわあ……意外に広いなあ」

外から見た時は普通《ふつう》のアパートにしか見えなかったが、中に入るとそこには広い土間と台所があった。共用のスペースのように見えるので、もしかしたらここは下宿だったのかもしれない。

ガラスは割れ、外の蔦が中にまで入り込んでいる。もちろん電気はないが、幸いにも今日は天気がいいので、外からの木漏《こ も》れ日で何とかなりそうだった。

「人がいなくなってから、大分経《た》つみてえだな」

賢吾が足元に落ちていた新聞紙を拾って広げる。肩越《かたご》しに覗《のぞ》き込むと、そこに書かれていた年号は今とは違《ちが》うものだった。

「本当にここにいるのかな?」

賢吾が黙《だま》って顎《あご》をしゃくる。視線を向けると、そこにはパンの袋《ふくろ》が捨てられていた。どう見ても新しい。賢吾の言いたいことが分かって、佐知は無言で頷《うなず》いた。健太かどうかは分からないが、少なくともここに誰かが住んでいることは確かなようだ。

「あのー、誰かいませんかー?」

一応声をかけてみる。はい僕ですと簡単に出てくるはずはないだろうが、まあ、念のためだ。

「俺達、怪《あや》しい者じゃありません。健太さん、もしいるなら出てきてください」

かたっ。それはものすごく小さな音だったが、確かにどこかで何かが動いた音がした。賢吾と佐知は顔を見合わせる。ビンゴかもしれない。

音の出所を目で示すと、賢吾も小さく頷いた。声を出さなくても、お互《たが》いの考えていることが何となく分かるのが、付き合いが長い利点だ。

「やっぱ、いねえか」

「ほんとだな。せっかく来たのになあ」

そう言って、二人は足音を立ててその場を後にしようと——

「なーんてな」

賢吾がくるっと振り返って足元の板を引っぺがす。そこには驚愕《きょうがく》の表情……をしているかどうかはちょっと分からないが、みすぼらしい風体《ふうてい》の男が隠《かく》れていた。

「見ーつけた」

「ひ、ひぃ……っ!!」

「何かそれ、お前が言うとめちゃくちゃ怖《こわ》いからやめろよ」

剝《は》がされた板の下にいたのは、やはり健太だった。ぼさぼさになった頭と無精髭《ぶしょうひげ》、泥《どろ》まみれの頰《ほお》は写真と全然違うが、確かに本人である。

「健太さん、ですよね？」

「ち、違いますっ、お、俺はここを寝床《ねどこ》にしてるホームレスで……っ」

「大丈夫《だいじょうぶ》ですよ。こいつ、こんな怖い顔をしてるけど、あなたのことを追ってる悪い人達とは──」

「う、嘘だっ、その人、東雲組の若頭《わかがしら》じゃないですかっ、この辺じゃ有名人なのに、知らない訳ないでしょっ!!　とにかく、俺はほんとにただのホームレスなんで！」

「面倒《めんど》臭《くせ》えなあ」

賢吾はわしゃわしゃと頭を掻《か》き、突然《とつぜん》健太の胸倉《むなぐら》を摑んだ。

「賢吾！」

「おいこら。がたがた言ってねえでとっととついて来い。てめえの犬に会いてえならな」

「……っ!!　マリア!?　マリアに何をするつもりだよ!!　この外道《げどう》！　マリアは関係ないだ

ろ⁉　マリアに何かしたらただじゃ置か――」

　マリアの名前を聞いた途端《とたん》、健太はじたばたと暴れ出したが、賢吾はそれをものともせず、そのまま胸倉を引き寄せて凄《すご》む。

「ああ？　ただじゃ置かねえなら、この俺をどうするって？」

「賢吾！　ほんとにただの悪者みたいだから、この辺でやめなさいって！」

　健太に凄む賢吾の頭をばしんと叩《たた》く。

「ただでさえ顔が怖いのに、そんな風に凄んだら話が前に進まないだろ？　まったく……ああ、ほんとごめんなさいね。こいつ、ちょっと馬鹿なもんで。俺達はただ、山田さんからマリアを預かっていて、あなたに会わせてあげたいなって、そう思ってるんですよ」

「や、山田さん⁉　あんた達、山田さんの仲間なのか⁉」

「誰があんなやつと仲間だ。ふざけ……いってえっ！」

「話がややこしくなるから黙ってろ」

　いちいち細かいところに引っかかるなよとお説教して、あっちに下がってなさいと背後を指差して賢吾を下がらせる。本当は優《やさ》しいくせに、賢吾はどうにも他人に優しげに接することが苦手だ。本人に優しくしようという意識がないからかもしれない。賢吾の優しさを嫌というほど知っている佐知からすれば、賢吾がそうして誤解されるのは大変不愉快《ふゆかい》である。

「確かに、あそこで怖い顔をしてるのは東雲組の若頭ではあるけれど、あなたを追ってる極道《ごくどう》さんはまた別のところで、俺達は山田さんに頼《たの》まれてただマリアを預かっているだけなんです。もちろん、山田さんもあなたのことをとても心配してますよ。でも今、山田さんは表立って動けないようなので、俺達が代わりにあなたを捜《さが》してたんです」

「ほ、本当に山田さんの知り合いなんですか？　ま、マリアは⁉　マリアは元気にしてるんですか⁉」

「はい。一緒《いっしょ》に連れてきてます。今は、車でお留守番してますけど。あ、写真見ます？」

そう言って、佐知はスマホを取り出して操作し、いくつかの写真を見せた。庭で史と走っている写真、プールに飛び込んで、賢吾に水浴びをさせてもらっている写真、史と仲良くお昼寝《ひるね》している写真。

「……あの、この子は……？」

「史って言います。そこにいる賢吾の息子《むすこ》なんですけど、マリアとすっかり仲良しになっちゃって」

「そうか……よかった……っ、寂《さみ》しがってたらどうしようって思ってたんだ……よかった、よかった……っ」

健太は佐知のスマホをがしっと摑《つか》み、何度も食い入るようにマリアの写真を見た。それから、意を決したように顔を上げる。

「あなた達のこと、信じます。マリアにこんな顔をさせる人が、悪い人なはず、ないから」

「お前、何でいきなり逃《に》げたんだ？」

賢吾の直球の問いに、健太はくしゃっと顔を歪《ゆが》めた。

「じ、実は俺、ホストクラブで働いてるんですけど――」

「知ってます。志藤さんもあなたのこと、心配してましたよ？」

「ほ、北斗さんにも会ったんですか⁉」

「何だよ。会ったら、何か悪《わり》ぃことでもあんのか？」

「あ、あのっ……こんなことを東雲組の若頭さんに頼むのは筋違《すじちが》いだと思うんですけどっ」

「断る」

「こら賢吾！　せめて話を聞いてからにしろよ」

「何で俺がこんなやつの頼みごとを聞いてやらなきゃならねえんだよ。俺はそこまでおひとよしじゃねえぞ。見つけたからにはとっとと山田に犬ごと押しつけて、それで終《しま》いだ」

「そんなことしたら史とまた大喧嘩《おおげんか》することになるぞ？」

「史には伊勢崎が上手《うま》いこと言うさ。そもそも山田のせいで――」

「乗りかかった船だろ？　いい加減諦《あきら》めろよ」

ぶつぶつ言う賢吾の脇腹《わきばら》を肘《ひじ》で突《つつ》き、佐知は健太に「大丈夫だから」と話を促《うなが》した。

「この人こう見えていい人だから、悪いことじゃなかったら何とかしてくれますから」

「わ、悪いことっていうか……あの、北斗さんを、助けて欲しいんです！」

「助ける？　志藤さんを？」

自分自身のことではなく、志藤を助けて欲しいとはどういうことなのか。訳が分からず、佐知と賢吾は顔を見合わせる。

「北斗さん、すげえ恰好《かっこ》よくて、俺の憧《あこが》れでっ、俺だけじゃなくて、あの辺のホスト皆《みんな》の憧れで……っ、でも、なのにっ、北斗さんのことを裏切ってたやつがいて！　うちはクスリ関係はご法度《はっと》なんだ！　東雲組の縄張《なわば》り内だし、北斗さんも、クスリは嫌《きら》っててっ、でも、うちにいたホストで、北斗さんに辞《や》めさせられたやつが、逆恨《さかうら》みしてっ、店の客に北斗さんの名前使ってクスリ流しててっ、俺っ、俺っ!!」

「ちょ、健太さん、落ち着いてっ」

話しているうちに興奮して来た健太が、どんっどんっと拳《こぶし》で床《ゆか》を殴《なぐ》った。

「どうしたらいいか分からなくてっ、山田さんに相談しようと思ったんだ！　でも山田さんは確証がないと動いてくれないし、証拠《しょうこ》が見つからなかったら北斗さんだったことになっちゃうかもって思って、あいつらが客にクスリを流してるとこ、スマホで撮影《さつえい》して……っ、でもそしたらあいつらに見つかって……っ！」

「志藤を逆恨みしたやつが、極道と繋《つな》がってたということか？」

その極道が、岸田組ということか。

「そ、そう！　スマホっ、スマホさえあればっ、全部証明できるんだ！　でも、俺逃げる時にっ、捕《つか》まった時のための保険にしようと思って、隠してっ、でもそしたら、取りに行けなくなって……っ」

「大丈夫ですよ。ちゃんと最後まで聞きますから、ゆっくり深呼吸して、それから話してください ね」

今にも過呼吸を起こしそうになっている健太の肩《かた》に手を置き、深呼吸を促す。すぐさま後ろからちっと舌打ちが聞こえてきた。嫉妬《しっと》深《ぶか》すぎる。

それでも賢吾が口出しをしなかったのは、佐知の行為《こうい》が医者としてだと分かっているからだ。そういうところが賢吾がワルになり切れないところで、佐知が好きなところでもある。

「スマホはどこにある」

「え、駅のロッカーにっ！　ここにカギがありますっ」

健太はすぐそばにあったゴミ袋《ぶくろ》をごそごそと漁《あさ》り、そこから小さなカギを一つ取り出して賢吾に手渡《てわた》した。

「なるほど。仕方がねえからそれを山田に渡《わた》すところまでは請《う》け負ってやる。佐知、今すぐここにマリアを呼んでやれ。そのうち山田がここに来るだろうから、それまで——」

ぱんっ。佐知は手を叩いてにっこり笑う。

「とりあえず、ご飯でも食べますか」

「は？」

「え？」

「だって、ずっとこんなところに隠《かく》れてたんだから、まともなもの、食べてないでしょう？　ちょうど今、うちに肉がたくさんあるんですよ」

「え？　でも、え？」

健太は佐知と賢吾をちらちらと見て困惑《こんわく》した顔をしたが、健太の腹が代わりに返事をした。ぐー。

「じゃあ、決まりってことで」

賢吾に有無《うむ》を言わさず、佐知は健太の手を取って立ち上がらせる。乗りかかった船である。中途半端《ちゅうとはんぱ》に放《ほう》り出すなんてよくない。

まあでも一番は、ここではいさよならですすなんてことを、史が絶対に受け入れるはずがないと分かっているからだ。

せめて史に納得《なっとく》する時間を与《あた》えてやって欲しい。そんな風に考えてしまうのは、やはり佐知が史の味方だからだろうか。

「あ、あの……失礼します」

おそるおそる居間に入ってきた健太は、廃屋《はいおく》で会った時とは別人のようになっていた。屋敷《やしき》

について すぐに風呂《ふろ》に案内したからだ。

行方《ゆくえ》不明になって以降、ずっとあの廃屋に隠れていた健太は、それはもうどろどろのぼろぼろだったが、風呂で綺麗《きれい》に髭《ひげ》も剃《そ》り、佐知が買ったまま着ていなかったジャージに着替《きが》えると、見違《みちが》えるほどにさっぱりしている。

「ああ、ちょうどよかった。今ステーキ丼《どん》ができるから、そこに座って待ってて」

佐知に促され、健太は空気を揺《ゆ》るがせでもしたら雷《かみなり》が落ちるとでも言わんばかりの顔で、そろりそろりと座《ざ》卓《たく》の隅《すみ》に腰《こし》を下ろす。

「ちっ」

「こら、今舌打ちしたのは誰《だれ》だ？　おとなげないことをしてると怒《おこ》るぞ」

ステーキ丼を完成させて座卓に向かい、健太の前に置いて自分も席に着いた。

居間は今、異様な空気である。座卓の隅で居心地《いごこち》悪そうに小さくなっている健太の斜《なな》め前では賢吾が不機嫌《ふきげん》そうに腕組《うでぐ》みをしていて、正面では史が同じように腕組みをしている。

だが、一番おかしいのはマリアだった。

廃屋から出て車に向かった時、佐知はてっきり、久方ぶりに会えた飼い主と飼い犬の感動の再会シーンが見られると、そう思っていた。

だが、現実というものは残酷《ざんこく》である。マリアは健太を見るなり嫌《いや》そうに史の後ろに隠れたのだ。健太があまりのショックに頽《くずお》れたのは、見ていて可哀想《かわいそう》だった。

そして今現在も、マリアは健太からそっぽを向くかたちで、知らん顔をして史の隣《となり》で眠《ねむ》っている。

「えーっと……あの、いただき、ます」

マリア以外の全員に見守られながら、健太はものすごくやりにくそうな顔をしてステーキ丼を食べ始めた。

「ほら、二人共、いつまでもそういう顔をしないの。史、俺達はちょっと大事な話があるから、マリアと一緒《いっしょ》に庭で遊んでてくれないか？」

「ぼくだって、だいじなはなしがあるもん」

「それは後で。今は先に、解決しておかなきゃいけないことがあるんだ」

「……わかった。でも、あとでぜったい、ぼくもおはなしするから」

「分かってる」

史はむっと唇《くちびる》を真一文字にして立ち上がり、「まりあ、いこ」と言って居間から出て行った。マリアも、健太を振《ふ》り返ることもなく、史にすんなりとついていく。誰が飼い主か分かったもんじゃない。

「お前、飼い主だろ。さっさと取り返せよ」

賢吾としては、健太さえ見つければ、マリアは勝手に健太のところに帰っていくと思っていたに違《ちが》いない。だが実際はどうだ。マリアはすっかり史を飼い主だと思っている。

「そんなことを言われても……俺、マリアに嫌われちゃったみたいだし……」

健太はもう、今にも泣きだしそうだ。

「失礼します。若、ありました」

居間に入ってきたのは伊勢崎だった。健太が隠したというスマホを取りに、駅のコインロッカーに行ってもらっていたのだ。

「これですよね？」

伊勢崎が差し出したスマホを見た健太が、こくこくと首が折れそうな勢いで頷《うなず》く。

「そ、そうです、これです！」

「すでに充電《じゅうでん》が切れていたので、充電をしておきました」

さすが伊勢崎。気が利《き》く。

「ロックがかかっているのでまだ中は確認《かくにん》していません。ロックを解除していただけますか？」

「あ、はいっ」

健太がスマホを手にして、指紋《しもん》認証で解除する。そうして指で操作していた健太が、一瞬《いっしゅん》うっという顔をした。

「どうした」

「あ、いえっ、お客さんからの連絡《れんらく》が山ほど来てて、ちょっとうんざりしちゃって……っ」

そう言ってから、健太は「これです」と一つの動画を再生した。

「………」

　全員でスマホの画面に見入る。

　そこに映っているのは、ホストらしき男が小さな袋《ふくろ》を女性に渡して代わりに現金を受け取っている姿だ。映像はそれだけではなく、その後、人相の悪い男がやってきて、ホストらしき男に何かを渡すところまでが映っていた。

「おい伊勢崎、この男が誰か分かるか」

「はい。岸田組の組長のご子息ですね。若とは違って名ばかりの若頭《わかがしら》で、岸田組の中でもかなり煙《けむ》たがられていると聞いたことがあります。ですが最近になって急に羽振《はぶ》りがよくなったとか。これが理由でしょうね」

「よりによってこれが息子《むすこ》か。岸田も苦労するな」

「あ、あの……っ、山田さんはいつ来てくれるんですか？」

「連絡はしましたが、今は手が離《はな》せないそうです。夕方には迎《むか》えに行くから、それまで預かっておいてくれと言っていました」

「すっかり託児所《たくじしょ》扱《あつか》いじゃねえか」

　賢吾が嫌そうに顔を顰《しか》める。まあまあと佐知は賢吾を宥《なだ》めたが、健太はあからさまに狼狽《うろた》えた顔をした。

「夕方……」

「健太さん？」

「あ、いや……何か、ずっとビクビクして生活していたから、落ち着かなくて。ちょっとだけ、庭を散歩してきてもいいですか？」

「え？　ああ、どうぞ」

健太は「ありがとうございます」と頭を下げ、とぼとぼと居間を出て行った。

「何か、すごく思いつめた顔をしてたな。マリアに無視されたのが、よほどショックだったのかな」

「まさかの結末ですね。マリアがまさか史坊《ぼっ》ちゃんを選ぶとは」

佐知と伊勢崎は揃《そろ》って苦笑《くしょう》を見せたが、賢吾だけは意見が違うようだった。

「何言ってんだ、お前ら。分かってねえな」

「え？」

「あの犬は佐知と一緒だ」

「俺？」

佐知は首を傾《かし》げたが、賢吾はそれ以上説明するつもりはないようで、「それよりも、だ」と健太のスマホを伊勢崎に手渡《てわた》した。

「さっさとこの動画を山田に渡して、岸田組の件を終わらせねえとな。このままじゃ、いつまで経《た》っても山田に託児所扱いされるだけだぞ」

「そうですね」

健太のスマホを受け取った伊勢崎が、観《み》ていた動画を止め、何やら操作してからひくっと眉《まゆ》を動かした。

「おい！　誰か！　大槻健太を呼び戻《もど》せ！」

伊勢崎が、廊下《ろうか》に控《ひか》える組員に命令して立ち上がる。

「どうしたんだよ、伊勢崎」

「これを見てください」

伊勢崎に差し出されたスマホの画面を賢吾と二人で覗《のぞ》くと、受信メールの画面が開かれていた。

「伊勢崎、いくら何でもプライバシーのしんが――」

佐知の言葉が止まったのは、そこにずらりと並んだ受信メールを見たからだった。何通も何通も送られてきているメールの冒頭《ぼうとう》部分。そこには健太を脅《おど》す言葉が綴《つづ》られている。

『隠《かく》れても無駄《むだ》だ。今すぐ出てこい』

『家を燃やされたいのか』

『お前が出てこないなら、志藤を殺す』

そうして最後のメールの文面は――

『志藤を解放して欲しかったら、今すぐ出てこい』

「これって……っ‼」

　ばたばたと走り込んできた組員が、息を切らしながら叫《さけ》んだ。

「大槻健太がどこにもいません‼」

「……志藤を助けに行ったか」

「そ、それから……っ、史坊ちゃんとマリアもいないんです‼」

「何だと？」

　どういうことだ。まさか健太が史を巻き添《ぞ》えにしたのか？　いや、そんなことをするようなタイプには見えなかった。だったらどうしてだ。自問自答しても、答えは出ない。

「とにかく捜《さが》しに行こう‼」

「無鉄砲《むてっぽう》なとこばっかり佐知に似やがって……」

　賢吾はがしがしと頭を掻《か》き、ため息を吐《つ》いてから立ち上がった。

「伊勢崎、お前のことだから、健太に貸した服にもGPSの発信機をつけてるんだろ？」

「すぐに捜します」

「え？　ちょっと待って、いつの間にそんなのつけたんだよ。だってあれ、俺がさっき自分で出してきて健太さんに貸したやつで……っておい、お前らまさか」

　佐知の言葉を無視して、伊勢崎が自分のスマホを操作する。

「また俺が知らないところで服につけてるんだろ⁉　そうなんだろ⁉」

「走って向かっているようなので、そう遠くではなさそうですね」

「おい！」

「そうか。あまり大勢で行くと目立つ。腕《うで》の立つやつだけ、数人呼んでこい」

「はい、すぐに手配します」

「おいって！」

佐知の呼びかけに、立ち上がった賢吾がくるっと振《ふ》り返る。

「ほら佐知、行くぞ」

「え？」

「何だよ、行かねえのか？」

「いや、行くけど……お前がすんなりそんなこと言うの、珍《めずら》しいなって」

これまでの賢吾を考えれば、危険な目に遭《あ》うかもしれない場所へ佐知を連れていくことを、そう簡単に承知してくれるとは思っていなかった。もちろん行くつもりではいたけれど、あまりにすんなり事が運びすぎて、佐知はちょっと面食《めんく》らってしまう。

「どうせ行くなって言っても行くんだろうが。今はそんなやり取りしてる時間がねえからな。行くなら早くしろ」

「わ、分かった！」

そうして佐知は、一つの疑問を放《ほう》り出して、賢吾と一緒《いっしょ》に走り出した。誤魔化《ごまか》されたことに、まったく気づかないまま。

伊勢崎の案内で辿《たど》り着いたのは、小さな町工場だった。

「本当に、ここなのか？」

「はい、間違《まちが》いありません」

外から見る限りは、普通《ふつう》の町工場に見える。本当にここなのかと首を傾げたところで、賢吾に腕を引かれて壁際《かべぎわ》に押しつけられた。

「な、何だよこんなところで急にっ、今はそれどころじゃ——」

いわゆる壁ドンだ。もう見慣れた顔のはずなのに、間近の賢吾にどきっとしていると、賢吾に「しっ」と怒《おこ》られる。

「あそこを見てみろ」

賢吾の視線の先には、如何《いか》にも極道《ごくどう》です、という人相の悪さの男が一人立っていた。どうやら、外に煙草《たばこ》を吸いに来たらしい。

「おそらく、ここで合成麻薬《まやく》を作っているんでしょうね」

「おいおい。ということは山田のやつ、大手柄《おおてがら》になるんじゃねえのか？」

「そうなりますね。まあここは一つ、大きな貸しを作っておきましょう」

「何を呑気《のんき》に言ってるんだよ！　それよりもほんとにここに史も来てるのか⁉」

「はい。史坊ちゃんにつけているGPSの発信機もここを示してますので。位置関係から察するに、健太さんの跡《あと》をつけてきているようですね。だとしたら、ひとまずは史坊ちゃんに危険はないかと思われます。……このまま見つからなければ、の話ですが」

「……お前らさ、俺と史に発信機つけてるのを、もう隠しもしないよな」

「以前から、佐知さんも知っていることですから」

「俺が自分で買った新しい服にまでつけてるなんて、聞いてないんだけど」

「文句があるなら、トラブルに巻き込まれないようにしてくださいよ」

それを言われるともう言い返せない。佐知がぐぬぬと口をへの字に曲げて唸《うな》っているうちに、煙草を吸っていた男が工場の中に戻っていった。

「行くぞ」

賢吾に合図され、頷《うなず》いて後ろに続く。組員達もそれぞれ別の場所から工場に潜入《せんにゅう》するつもりのようで、さっと素早《すばや》く散っていった。

物音を立てないように注意しながら中に入る。いくつかの機械には布がかけられていて、すでに工場としてはほとんど使われていない場所のようだった。

『――だからっ、北斗さんを放してくださいっ‼』

工場の奥から健太の声が響《ひび》いてくる。それはあまりにも悲痛な声で、佐知の心臓がばくんと大きく脈打った。健太の恐怖《きょうふ》に呼応するように、否《いや》が応でも体が縮こまる。

『てめえが撮《と》った動画と交換《こうかん》だと言ってるだろうが』

見知らぬ男の声が、健太を嘲笑《あざわら》う。ひどく不快な声だ。

『こんなところに一人でのこのことやってくるとはな。馬鹿《ばか》な従業員を持つと苦労するな、志藤』

声を頼《たよ》りになるべく気配を殺して移動する。賢吾と伊勢崎はこういう状況《じょうきょう》に慣れているのか、それほど緊張《きんちょう》した様子も見られないが、佐知は違った。

健太達の声が大きくなるごとに、緊張が高まる。油断すれば今にも呼吸が荒《あら》くなってしまいそうで、息をすることすら簡単ではなかった。

だが、ついてきた以上は、絶対に足を引っ張ってはいけない。小刻みに震《ふる》える手をぐっと握《にぎ》りこむ。

賢吾の隣《となり》に立つと決めたのだ。それは綺麗事《きれいごと》ではなく、どんな状況でも、そうすると決めたはずだ。ビビるな、俺。

健太達が対峙《たいじ》していたのは、工場の奥にあるひと際《きわ》広い空間だった。すぐそばにあった段ボール箱の山の後ろに隠れたところで、賢吾が囁《ささや》き声で言った。

「あの馬鹿。あんなところに居やがる」

佐知達が隠れている反対側の段ボールの山。そこに小さくなって隠れていたのは史とマリアだった。

思わず名前を呼びそうになったが、状況を思い出して思い留《とど》まる。よかった。とにかく無事で。

「健太、どうして来たんだ。今からでも遅《おそ》くないから、すぐに逃《に》げなさい」

志藤は椅子《いす》に座らされ、縄《なわ》で括《くく》りつけられていた。そうされていても、ぴんと背筋を伸《の》ばし、品を保っていることにいっそ感動を覚える。

「そ、そんなのできませんっ、北斗さんを置いていくなんて……っ」

「馬鹿だな、健太。君がここに来てしまったら、もう彼らの思うつぼなんだよ」

「その通りだな」

志藤の背後に立った男が、手に持っていたナイフを志藤の首に押しつけた。

「動画を出せ。さもなくばお前の尊敬するオーナーは死ぬことになる」

「ほ、北斗さんを殺したってっ、動画は絶対に渡《わた》さないからなっ！」

「そうか。それなら、美しいオーナーにお別れを言えよ」

ナイフが、志藤の首に食い込む。つうっとその部分から血が流れたが、志藤はびくりともしなかった。志藤もまた、賢吾達と同じように修羅場《しゅらば》には慣れているのだろうか。

「ま、待てよ！　その人を殺したらっ、動画は手に入らないぞ!!」

「お前は何か勘違《かんちが》いをしてるな。脅《おど》しているのはこっちだ。いいか？　俺達はこいつが死んでもちっとも困らない。こいつを殺して、それからお前を捕《つか》まえて、一つ一つ爪《つめ》を剝《は》がして、拷《ごう》問《もん》して、ゆっくり動画の隠《かく》し場所を聞いたって構わないんだ。だがお前は違う。お前はどうしてもこいつを死なせたくないんだろう？　だとしたら、お前にできることは何だ？」

「……っ！」

健太の顔から血の気が引いていく。男達の言葉は、拷問することに慣れているようだった。

自分が当事者として捕まっている時には必死で分からなかったが、こうした状況を外から見てしまうと、かえって残虐《ざんぎゃく》さを感じて背筋が凍《こお》る思いがする。

これが極道の世界。怖《こわ》くないと言えば嘘《うそ》になる。それでも……それでも自分は、賢吾と共に生きると決めたのだ。

「分かったら、動画の隠し場所を言え」

「い、言ったら、北斗さんを助けてくれるのか？」

「ああ、もちろん」

男はそう言ったが、それが嘘であることは佐知にも分かった。目撃《もくげき》者を自由にするほど、彼らも馬鹿ではないだろう。

「伊勢崎、準備はできてるか？」

「はい」

賢吾の視線が佐知に向く。賢吾が声を出さなくても、ここで待っていろと言われたのが分かったが、佐知は首を振って、足につけてきていた警棒を握りしめた。賢吾に守られるだけの自分はもう終わりにしたい。佐知だって、賢吾を守る。

賢吾はそんな佐知を見て、ちょっと困ったように顔を顰《しか》めたが、小さくため息を吐《つ》き、それからこつこつと足音を鳴らして健太に近づく。それはまるで散歩にでも来たかのように軽《かろ》やかな足取りで、これから先に対する不安も、恐《おそ》れも、何も感じていないかのようだった。

「よお、岸田の若頭《わかがしら》。面白《おもしろ》いことをやってるみたいじゃねえか、俺も交ぜてくれよ」

「……っ、てめえはっ、東雲の……っ!!」

すっと影《かげ》かと思うスピードで賢吾に従った伊勢崎の後ろを、佐知も慌《あわ》ててついていく。振《ふ》り返った健太が驚《おどろ》いた顔をした。

「ど、どうして……っ」

「勝手にいなくなってんじゃねえよ。面倒《めんどう》ばっかりかけるやつだな」

賢吾は軽く健太の頭を叩《たた》き、それから岸田に向き直った。

「てめえっ、俺のシノギを横取りするつもりかっ⁉」

「やめろよ。お前のとこみてえな辛気臭《しんきくせ》え組と一緒《いっしょ》にすんな。うちは生憎《あいにく》、あんなつまらねえもん作って小銭《こぜに》を稼《かせ》がねえといけねえほど、金には困ってねえんだよ」

「何だと⁉ ちょっと最近羽振《はぶ》りがいいからって図に乗りやがって!! サツが怖くてお綺麗な金稼ぐのに必死なら、極道なんかやめちまえっ!!」

「その台詞《せりふ》は、てめえの親父《おやじ》に言ってやったらどうだ？　てめえんとこの親父も、ヤク関係はご法度《はっと》だったはずなんだがな」

「う、うるせえっ！　あんな頭の固い親父なんか知るかっ！　どうせ老い先短いジジイだ！ほっといてもすぐ死にやがるっ、そうしたら後は俺の天下だからなっ」

岸田は大きな声で喚《わめ》いていたが、そうすればするほど、虚勢《きょせい》を張っているだけのように見えた。賢吾の声が冷静であればあるほど、役者の違いが明確になる。

「俺はな、岸田。ただお前に教えに来てやっただけだ。こいつが持ってた動画は、今は俺が持ってるってことをな」

「……っ!!　健太っ、てめえっ、こいつに売りやがったのかっ!?」

岸田に睨《にら》みつけられると、健太はひっ、と悲鳴を上げて賢吾の後ろに隠れた。

「てめえはもう終わりだ。分かったら、とっとと志藤を解放しろ」

「ふ、ふざけんなっ！　お前なんかに俺のシノギを取られてたまるかっ!!」

「いや、だからいらねえって。だって、お前の動画、もうサツにも流したし」

「……なん、だと……？」

「だから、サツにも流したって。俺だけが見るなんてもったいないお宝だったしな。いやあ、ラッキーラッキー。いちいちドンパチやらなくても、勝手に自滅《じめつ》してくれてありがとうな。お前の親父も頭を抱《かか》えるだろうなあ。馬鹿息子《ばかむすこ》のお陰《かげ》で組が潰《つぶ》されちまう訳だから」

「き、貴様ぁっ!!」

「賢吾、ちょっと煽《あお》りすぎじゃないのか……?」

こそっと後ろから佐知が話しかけると、伊勢崎が代わりに「わざとですよ」と小声で答えた。

「外の動きに気づかれないために、ね」

そう言われてさりげなく周囲を見回すと、さっきまでより少しあちらの人数が減っている気がする。

「まあ、これでお前もお飾《かざ》りの若頭なんて馬鹿にされることもなくなってよかったじゃねえか。何せ、組自体がなくなるんだからな」

「しののめぇぇぇぇぇっ!! おいっ、あいつを殺せぇぇぇぇっ!!」

岸田が絶叫《ぜっきょう》したのを合図に、男達が佐知達に飛び掛《か》かってきた。賢吾と伊勢崎は佐知を背中で庇《かば》いながら相手を倒《たお》し始めたが、佐知だって、守られるためだけに来た訳じゃない。

かしゃん。スイッチを押すと、警棒が伸びる。大丈夫《だいじょうぶ》だ。絶対にやれる。

「守りながら戦おうなんて甘えんだよっ!!」

こちらに向かって飛び掛かってこようとする男の喉《のど》を、警棒でとんと押す。力はほとんど入れていない。だがその途端《とたん》、男は「ぐあっ!」と言ってその場に頽《くずお》れ、のたうち回った。

「おいマジか」

賢吾が呆然《ぼうぜん》とした顔で佐知を見る。佐知はちょっと照れ笑いをしたが、すぐに賢吾の背後に忍《しの》び寄る男に気づいて、今度は男の脛《すね》に向かって警棒を横一線。とすん、と膝《ひざ》から落ちた男の首の後ろ辺りにとすっと警棒を当て、男が床《ゆか》に沈《しず》むのを見守った。

「マジですか」

今度の台詞は、伊勢崎だ。

自分でもまさかこんなに上手《うま》くいくとは思っていなかった。佐知は心の中で佐野原に感謝する。佐知に警棒で戦うことを教えたのは佐野原だからだ。

『若の隣《となり》に立ちたかったら、守られてるだけではあかん』

佐野原にそう言われ、その通りだと思った。けれど佐知は強くない。困った佐知に佐野原が言ったのだ。

『あんさんには知識があるやないか』

そうして佐野原に提案されたのが、警棒で戦う方法だったのだ。佐知は医者で、人体のことを知り尽《つ》くしている。人を助けるために得た知識を、人を傷つけるために使うことには戸惑《とまど》いがあったが、賢吾の隣に立つと決めた以上、いつまでも綺麗事《きれいごと》ばかり言っていられないのはよく分かっていた。

人体の急所を知っている佐知だからこその戦い方。もちろん、一時的に相手の戦意を奪《うば》う程度の攻撃《こうげき》にしかならないが、それでも自分の身を守るには十分だ。

「自分の身は自分で守る。だから二人共――」

「甘いっ!!」

いきなり、ひゅん、と何かが飛んできた。避《よ》ける暇《ひま》もなかった佐知に代わって、賢吾がそれを食《く》らう。

「賢吾!?」

ボールかと思ったそれは、賢吾に当たると同時にぱしゅっと弾《はじ》けた。中から液体が飛び出して、賢吾のスーツを濡《ぬ》らす。

「……ガソリンか」

「ガソリン!?」

すんすんと鼻を鳴らしてから言った賢吾の言葉に驚愕《きょうがく》して岸田のほうを見ると、岸田の手にはオイルライターが握《にぎ》られていた。それで何をしようとしているのか、ここにいる全員に分かっただろう。

「若頭っ、何をしてんですかっ！　そんなことしたら、工場ごと全部燃えちまいますよ！」

「うるさいっ！　どうせサツにバレたなら、こんなとこなくなっちまったほうがいいだろうがっ！」

「浅はかだな、岸田。燃やしたところで、証拠《しょうこ》が全部なくなる訳じゃねえぞ。最近のサツの鑑《かん》識《しき》能力を舐《な》めてんのか？」

「てめえを焼き殺してからっ、全部てめえに押しつけてやるよ！」

岸田は奇妙《きみょう》に笑いながらそう言ったが、それに冷静に返したのは伊勢崎だ。

「動画はもうサツの手に渡《わた》っているのに？」

「サッと通じてんのが、てめえらだけだとでも思ってんのか！　状況《じょうきょう》証拠《しょうこ》さえ揃《そろ》えれば、後は何とでもなるんだよっ！」

「なるほど。山田が表立って動けなかった理由がそれか」

「そもそもあの方、敵が多いですしね」

賢吾と伊勢崎がぼそぼそと話すのを聞いて、佐知は「何でそんなに余裕《よゆう》なんだよ！」と怒鳴《どな》った。火をつけられたら賢吾は終わりなんだぞ？

「いいか、佐知。敵に弱みを見せたら負けだ」

「でも……っ」

「最後の最後まで、冷静でいなけりゃ、助かるもんも助からねえだろ？」

それは、確かにそうだけれど。言いたいことは分かるが、実際そうできるかというのは別問題だ。

「だって賢吾っ、スーツごと燃えたら、すぐに火を消したとしても重度の熱傷になるし、そもそもここには火を消すものだって――」

賢吾が突然《とつぜん》、佐知にキスをした。

「おいおい何だ、こんなところでラブシーンかよ。最後のお別れってやつか？」

賢吾は岸田の言葉を無視して、佐知の顔をじっと見る。

「怖《こわ》いか？」

正直、怖い。自分のことではなく、賢吾が死んでしまったら、そう思うことが怖い。けれど佐知は自分の中の弱さを振《ふ》り払《はら》い、ぶんぶんと首を振った。

これが、賢吾達の生きている世界だ。賢吾と伊勢崎は落ち着き払っていて、こんなことが初めてではないことを窺《うかが》わせる。佐知だって巻き込まれたことがあるのに、分かっているようで分かっていなかった。非現実に思える命のやり取りが、賢吾達にとっては日常なのだ。

「もし賢吾が燃やされても、俺が絶対に助けてやる。だから、大丈夫だ」

「そりゃあ、心強いな」

賢吾はくくっと笑って、それから岸田に向かって歩き出した。

「で？　俺を燃やすって？」

「はは、そうだよ、お前なんか、燃やして……って、おい、こっちに来るなっ、火をつけられたいのか!?」

「お前、ガソリンを使ったことはあるのか？」

そういう間も、賢吾は岸田に向かって歩いていく。

「と、止まれ！」

「量が多かったなあ、岸田。お前が火をつけりゃあ、確かに俺は燃える。けど、そうしたらお前も燃えるなあ。その度胸はあるのか？」

「て、てめえ……っ」

岸田がオイルライターをぐっと握りしめた。そうして親指が――

「巻き添《ぞ》えはごめんですよ」

不意に、岸田の前で椅子《いす》に括《くく》られていたはずの志藤が立ち上がった。そうしてまるでお手を要求するかのように手を出したと思ったら、岸田の顔に掌底《しょうてい》を叩《たた》きこむ。

「し、志藤っ、てめえ、何で……っ！」

「すみません。昔から顔だけはよかったので、トラブルに巻き込まれることが多くて。縄抜《なわぬ》けは俺の唯一《ゆいいつ》の特技なんですよ」

にっこり笑った志藤は、ランウェイを歩くように優雅《ゆうが》にこちらに向かって歩いてきた。

「一難去ってまた一難。若頭、離《はな》れた場所からライフルが狙《ねら》っているようです」

「何だと？」

志藤がそう言った途端、ぱしゅっと賢吾の足元で何かが弾けた。

「佐知、伏《ふ》せろっ！」

賢吾がスーツの上着を脱《ぬ》ぎ捨てながらそう言って、佐知に飛びついてくる。

「え？」

まるでその言葉が合図だったかのように、頭上でぱりんぱりんとガラスが割れる音と人々の悲鳴がし始めた。

「北斗さんっ!!」

「ぱぱっ!!」

「史！　そこを動くんじゃねえぞ！」

色々な声が交差する。賢吾に押し倒《たお》されてうつ伏《ぶ》せになった佐知には、床に着弾《ちゃくだん》していくライフルの弾《たま》が見えた。どこかから撃《う》たれている。ようやくそのことに気づいて、佐知はパニックになる。

「おい賢吾！　退《ど》けよ！　お前が撃たれたらどうす――」

「いいから頭下げてじっとしてろっ!!」

ものすごい剣幕《けんまく》で怒鳴られ、頭を床に押しつけられた。時間にしたら、おそらくほんの一分にも満たない出来事。

「……止まった、な」

ようやく賢吾が体を起こした時、そこはひどい惨状《さんじょう》だった。割れたガラスは散らばり、恐怖《きょうふ》を顔に張りつかせた男達が呆然《ぼうぜん》と座り込んでいる。

「ぐふ……っ」

誰《だれ》かのうめき声で我に返る。

「賢吾!?」

慌《あわ》てて賢吾の体を確認《かくにん》しようとしたら、賢吾に手を摑《つか》まれた。

「俺じゃねえよ」

賢吾が視線を向けた先にいたのは、岸田だった。どうやら、弾が肩《かた》に命中したらしい。肩を押さえてよろよろと起き上がろうとする岸田に、佐知は思わず声をかけていた。

「動かないで！」

考えるより先に、体が動く。

「今動いたら、出血多量で死にますよ⁉」

岸田に駆《か》け寄り、傷口を手で押さえた。出血が多い。みるみるうちに、佐知の手が真っ赤に染まる。

「う、うるせえなっ、何のつもりだ……っ、生き恥《はじ》を晒《さら》すぐらいなら、死んだほうがましだっ、殺せっ‼」

その瞬間《しゅんかん》、佐知の中で何かがぶちりと切れる音がした。死んだほうがまし？　よくも簡単にそんなことが言える。生きたくても生きられない人が、この世の中にどれだけいると思っているのか。

「そうかもな、死んだほうがましかもな。けどあんたには、生きて、恥を晒して、償《つぐな》ってもらう」

きっとこの男は、今までたくさんの人を不幸にした。この男が死んでも、喜ぶ人間のほうが多いのかもしれない。

でも佐知は思った。死に逃《に》げなんてさせない。

「あんたはこれから生きて、みっともなく生き恥を晒して、これまであんたが不幸にした人の苦しみの数十倍、不幸になればいい。死んで終わりになんかさせない。絶対に」

「……っ！　ふざけるな……っ、いつか、助けたことを後悔《こうかい》させてやるからなっ!!」

「後悔なら、今この瞬間だってしてる」

この男は生きていたら、また誰かを不幸にするかもしれない。そういう葛藤《かっとう》はもうすでに今もある。けれど、死ぬことで満足なんかさせたくない。生きて苦しめと、そう思う。

佐知が葛藤を抱《かか》えながらも必死に岸田の止血をしていたら、すぐそばで岸田組の組員達が動き出した。

「あんたのせいだぞ……あんたが失敗したからっ、俺達はあの人に見捨てられたんだ！」

そう言って男達は、足元に落ちていた角材を拾う。

「せめて、志藤を連れていけば……もしかしたらっ」

「俺、ですか？」

男達が志藤を取り囲んだ。志藤は両手を上げて無抵抗《むていこう》のポーズを取ったが、健太が慌てて志藤の前に立って庇《かば》う。

「ほ、北斗さんをどうするつもりだっ」

「うるせえっ！」

男が角材で健太を殴《なぐ》りつけた。とっさに後ろから志藤が引っ張ったお陰《かげ》で、まともに当たらずに済んだが、角材が額を掠《かす》ったようで、切れた部分から血が噴《ふ》き出す。

「賢吾！」

健太を助けてやってくれと佐知は賢吾に呼びかけたが、その前に、健太の前に何かが飛び出した。

「わんっ！」

「マリア!?」

マリアは健太の前に立ち、唸《うな》り声を上げて男達を威嚇《いかく》する。

「マリア！　駄目《だめ》だっ、危ないからあっちへ行ってろ！」

健太は必死にマリアを退かそうとしたが、額から出た血に視界を遮《さえぎ》られて上手《うま》くいかない。

「うぅ、わんわんっ!!」

絶対に退かない。そう言っているみたいに鳴いた後、ついにマリアは男達に飛び掛《か》かった。

「うわっ！　このクソ犬が!!　邪魔《じゃま》するんじゃねえ!!」

そうして男達がマリアに向かって角材を振り上げた瞬間、今度はまた別の何かが飛び出してくる。

「まりあをいじめるな!!」

史だ。床《ゆか》に落ちていた佐知の警棒を持って走ってきた史が、マリアの前に立っていた男の脛《すね》に向かって思い切りそれを振り抜《ぬ》いた。

「うぎゃあああっ!!」

ほとんど同時に賢吾と伊勢崎が男達から角材を取り上げていたので、史は相手に攻撃《こうげき》されることはなかったが、史の警棒が当たった男の脛にはヒビが入ったに違いない。すぐに集まってきた東雲組の組員達が、男達を押さえこんだ。

「まりあ！　だいじょうぶ!?」

「わん！」

史がマリアに抱《だ》きつく。健太はその場にへなへなと頽《くずお》れ、小さく「マリア、よかった……」と呟《つぶや》いた。

そうして事態が収束した、と思ったところで、突然《とつぜん》大きな声が響《ひび》く。

「警察だ！　全員無駄《むだ》な抵抗はやめろ！」

そう言って現れたのは、山田だった。

「今更《いまさら》現れて何の用だ。美味《おい》しいとこだけ持っていこうとしてんじゃねえぞ。ずっと外で待機してたはずだろうが。何で助けに入ってこねえんだ」

「え、そうなの？」

外で待機していたならどうして助けてくれなかったのか。佐知も思わずじとっとした視線を山田に向ければ、山田はまあまあと両手でジェスチャーをしながら苦笑《くしょう》した。

「いやいや、こっちも色々あるんだって。やっと根回し終わって特攻《とっこう》かけるぞ！　って思ったら、今度はどっかから銃撃《じゅうげき》されるし？　今そっちのほうも追いかけてるが、まさかお前んとこのじゃないだろうな？」

「な訳ねえだろ」

「そうか、ならよかった。いやあ、本当に申し訳なかったなあ、民間人に逮捕《たいほ》協力してもらっちゃって。謝礼でも出そうか？」

「何が民間人だ。極道《ごくどう》がそんなもんもらえる訳ねえだろうが。これはでっかい貸しだからな。よく覚えとけよ」

「分かってる分かってる。ちゃんとお礼はするから」

賢吾と山田が軽口を交《か》わしている間に救急車が到着《とうちゃく》して、岸田が連れられていく。自由になった佐知は史のところに駆けつけ、それから「この馬鹿《ばか》っ！」と思い切り頭を叩《たた》いた。

「いったぁいっ!!　なんでたたくの!?」

「勝手にいなくなって！　しかもあんな危ないことまでして!!　何してんだ!!」

「だって！　まりあのかいぬしがこそこそおにわからでていったから！　にげたとおもったんだもん!!」

健太も史もマリアも、庭から逃走《とうそう》したらしい。組員達に庭の警備を強化するように言わないと、と佐知は心に堅《かた》く誓《ちか》う。

「さちだってぱぱのためにたたかってたでしょ⁉　ぼくだってかぞくのためにたたかえるもん‼」

「こら史、そうじゃねえだろ？」

山田との話を終えた賢吾がやってきて、史の頭をぽんぽんと叩く。

「佐知はお前のことをすげえ心配したんだ。お前のことが大事だから。だから怒《おこ》ってる。そういう時には、何て言うんだ？」

「…………。……しんぱいかけて、ごめんね？」

はあ、と大きなため息が出た。史のこの無鉄砲《むてっぽう》なところはどうにかならないのか。

「無鉄砲さは佐知さん譲《ゆず》りですよね」

「……伊勢崎君、さっと現れて、心に痛いこと言わないでくれる？」

否定したいが、心当たりがありすぎてできない。

「それにしても、まさか銃撃されるとは。誤算でしたね」

「ああ」

「極道ってすぐ拳銃《けんじゆう》取り出してドンパチするもんじゃないの？」

賢吾と伊勢崎は、最初からその覚悟《かくご》でいたのだと思っていた。

「ここは街中ですよ。銃撃音でもしたら、すぐに警察に通報されます。だからこそ、飛び道具はないと踏《ふ》んでいたんですよ」

「岸田組は今、内輪《うちわ》揉《も》めをしているらしいとは聞いていたが、物騒《ぶっそう》なのがいたみたいだな」

「まあ、これを機に、山田さんが丸ごと潰《つぶ》してくれることを願いましょう」

とにもかくにも、全員無事でよかった。ようやくほっと肩《かた》の力が抜けた頃《ころ》、同じく緊張《きんちょう》から解放されたのか、健太がおいおいと泣き始めた。

「よかった……っ、ぐすっ、北斗さんが無事でっ、よがった……っ!!」

「まったく君は……後先考えずに行動するのは悪いクセだよ？」

「ずみまぜん……っ」

よしよしと志藤に頭を撫《な》でられ、健太は涙腺《るいせん》を崩壊《ほうかい》させる。

「自分の危険も顧《かえり》みずに助けに来たんだ、いい舎弟《しゃてい》じゃねえか」

「やめてくださいよ、若頭《わかがしら》。うちは極道じゃないんですから」

志藤はそう言って苦笑して、「まあでも、ありがとうございました」と賢吾に頭を下げた。

「縄抜《なわぬ》けが特技とはな」

「習得しておいてよかったです。でもがちがちに縛《しば》られていたもので、思ったよりも抜けるのに時間がかかってしまって。ライフルの光が反射しているのに気づいていたので、久しぶりにはらはらしましたよ」

「よく気づいたな」

「些細《ささい》な変化にも気づけるのが、ホストですからね。ほら、じゃあ健太、行こうか」

周囲にいた警察に促《うなが》された志藤が、健太に声をかける。

「は、はい……っ」

健太はそう言って立ち上がったが、名残惜《なごりお》しそうにマリアを振《ふ》り返った。

「……わふ」

マリアが、小さく声を出す。マリアを抱きしめた史は、「だいじょうぶだよ、まりあにはぼくがいるから」と言ったが、マリアはじっと健太を見つめたままだ。

「史、マリアを放してやれ」

「いやだよ！」

賢吾の言葉に、史はより一層マリアを抱きしめる腕《うで》に力を込める。

「だっていちどはすてたんでしょ!?　またすてるかもしれないもん！　ぜったいぼくのほうがだいじにするし、ぼくのほうがすきにきまってる！　ぼくはぜったいにまりあをすてたりなんかしないもん!!」

史の言葉に、健太が項垂《うなだ》れる。健太はただ逃《に》げるのに必死で、捨てたつもりはなかったはずだ。それでも、マリアにとっては捨てられたも同然なのだと分かっているから、言い訳はしなかった。

「それはお前の気持ちで、マリアの気持ちじゃねえだろ？」

「……っ」

史の唇《くちびる》が真一文字に結ばれる。史は史なりに、マリアを幸せにしてあげたいと思っている。それが分かるから、見ていて心が痛かった。

でも、決めるのは史じゃないのだ。マリアがずっと一緒《いっしょ》にいたいのは誰《だれ》なのか。それが一番大事なことだ。

「お前だって、自分で家族を選んだだろ？　マリアにも、自分で選ばせてやれ」

「まりあはぼくのほうがいいって！　だからっ、そのひとがみつかったときも、ぼくといっしょにいたんだもん!!」

「そう思うなら尚更《なおさら》、選ばせてやればいいだろ？　健太だって、マリアが自分で史を選ぶなら、諦《あきら》めがつく」

賢吾に促され、史は渋々《しぶしぶ》マリアから手を離《はな》す。

「まりあ、ぼくといっしょがいいよね？　またいっしょにぼーるあそびするよね？」

マリアは史に向かって「くぅん」と鳴く。だがそれでも、ちらちらと健太を気にするそぶりをしていた。

「マリア……いいんだ。マリアが幸せなら俺はそれで。嫌《いや》な思いをさせてごめんな、マリア」

健太が泣き笑いのようにマリアに話しかけると、マリアの足が健太のほうへ向く。二、三歩進んで立ち止まり、今度は史を振り返った。

「まりあ、おいで！　ぼくがしあわせにしてあげるから！」

「……くぅん」

マリアの鳴き声は、とても申し訳なさそうに聞こえた。

……そしてマリアが選んだのは。

「マリア！」

「わんっ！」

……健太だった。

健太の胸に飛び込んだマリアを、健太が嬉《うれ》しそうに抱《だ》きしめる。

「マリア！　マリア！　ほんとにごめんな！　もう絶対、お前を置いて行ったりしないからなっ!!」

「わん！　わんわんっ!!」

あんなに喜んでいるマリアは初めて見た。やっぱり、うちにいる時は猫《ねこ》を被《かぶ》っていたんだなあ、犬だけど、なんて考えていると、とぼとぼとやってきた史が佐知の足にぺちょっと張りついてきた。

「……っ、ひく……っ、う……っ」

佐知の足に顔を押しつけ、声を殺して泣く史を抱き上げる。

「偉《えら》かったな、史」

「う、うぅっ、どうして？　まりあ……ひくっ、どうしてぇ？」

「理屈《りくつ》じゃねえよ。お前だって分かるだろ？」

賢吾がそばに寄ってきて、史の頭を撫でた。

「お前が、自分で俺達を家族に選んでくれたのと同じだ。マリアにとっては、どんなに駄目《だめ》なやつでも、健太が家族なんだ」

「……かぞく」

賢吾の言葉に小さく呟《つぶや》いた史の頭を、今度は佐知がよしよしと撫でて話を続ける。

「そう。史を選ばなかったからって、マリアが史のことを嫌《きら》いな訳じゃない。ただ、マリアにとっては健太さんが家族なんだ。史だって、パパがもし、ものすごく恰好《かっこ》悪いところを見せたからって、家族をやめたりしないだろ？」

「……うん」

ただ一方的に優《やさ》しさを受け取るだけが家族な訳じゃない。優しくしてくれるなら誰でもいい訳じゃないのだ。史にはそれがちゃんと分かるはずだ。

「だから、史はマリアのことを好きなままでいればいい。マリアだって史のことを好きなままだよ？」

「……ほんとに？」

「うん。ほら、マリアに聞いてごらん？」

史を下ろして、そっと背中を押す。史は小さな声で、マリアに言った。

「……まりあ、また、ぼくといっしょにあそんでくれる？」

「わんっ!!」

史に向かって突進《とっしん》してきたマリアが、史を押し倒《たお》してぺろぺろと顔を舐《な》める。

「ま、まりあっ、わかった、わかったからっ、もう！　あははは、ははは、はっ！」

「泣いたカラスがもう笑ったな」

賢吾の言葉に佐知はくすっと笑う。

「賢吾は、マリアが健太さんを選ぶって分かってた？」

「まあな」

「マリアは俺と一緒だ、って言ってたよな。それと関係あるのか？」

「あー……」

賢吾がふよっと視線を泳がせた。何か後ろめたいことがある時にする仕草だ。

「おい、隠《かく》し事はなしだぞ」

「怒《おこ》らねえ？」

「聞いてから決める」

「……マリアが戻《もど》ってきた健太に冷たくしてたのは、あれだ、その……」

「ツンデレ、だったと言いたい訳ですか」

珍《めず》しく言葉を濁《にご》らせる賢吾の言葉を引き継《つ》いだのは、伊勢崎だった。

「ツンデレ？」

「要するに若は、あの時のマリアに、拗《す》ねてツンツンしている時の佐知さんを見ていたと、そういう訳ですね」

「まあ、そういうことだな」

賢吾が肯定《こうてい》するから、佐知はむっと唇を尖《とが》らせる。

「はあ？　俺は別にツンツンなんかしないし！」

「ほらな、そうやってすぐ拗ねるから言いたくなかったんだよ」

「拗ねてないし！」

賢吾と佐知が言い合いを始めかけたところで、史が戻ってきて叫《さけ》んだ。

「ねえさち！　もういちにちだけ、まりあをうちにとめてもいいって！　ぼく、まりあとやりたいことぜんぶやる!!　はやくかえろ!!」

史の笑顔《えがお》のためなら、口喧嘩《くちげんか》を中断することもやぶさかではない。

「じゃあ、帰るか」

「そうだな」

「うん、かえろ！　ぼくたちのおうちに！」

まずは風呂《ふろ》に入って、それから美味《おい》しいものを食べよう。

そう思ったら、何故《なぜ》だか急に手が震《ふる》えた。それに気づいて、佐知は首を傾《かし》げながら自分の手を見つめる。そしたらその手を、賢吾がぎゅっと摑《つか》んだ。

「帰ろう、佐知」

「……うん」

そうだ、帰ろう。

帰れるんだ、家に。


「いやあ、疲《つか》れた……」

夕飯を終え、賢吾と二人仲良く浴衣《ゆかた》姿で、並べた布団《ふとん》に寝転《ねころ》がる。

史はマリアとの最後の夜を堪能《たんのう》するのだと、早々に自分の部屋に行ってしまった。

「岸田は、命を取り留めたってよ。山田がお前に礼を言っといてくれって」

「そうか。よかったよな」

岸田にどれぐらいの罪があるのか分からないが、山田には徹底《てってい》的に糾弾《きゅうだん》してもらって、なるべく長く苦しみを味わわせて欲しいと思った。

死ぬことを逃《に》げにする人がいる。佐知にはそれがどうしても許せない。もちろん、生きていることが辛《つら》くて辛くて、もうどうしようもない人がいることは分かっている。そういう人にとって死という逃げ場があることは、ある種の心の拠《よ》り所であることも分かっていた。けれど佐知はやはり医者だから。救いたくともどうにもならない命があることを知っているから。そういう人達が欲しくてたまらなくて、それでも叶《かな》わなかった未来を、ただ逃げのためだけに捨てるなんて、そんなことを目の前で許すことはできなかった。

「生きて苦しめ、か」

片肘《かたひじ》をついてこちらを向いた賢吾が、にやっと笑う。

「時々お前、怖《こわ》いこと言うよな」

「そうかな？」

佐知も笑って、とう！ と賢吾がついていた肘を払《はら》った。がくっと頭を落とした賢吾にまた笑って、そのまま押し倒した賢吾にちゅっとキスをする。

「お、何だ。積極的だな」

「あれかな？ 非日常を味わって、興奮が冷めやらない感じ？」

「お前がその気になってるなら、何でもいいぞ」

「大雑把《おおざっぱ》だなあ」

賢吾の浴衣の帯をしゅるっと解《ほど》く。露《あら》わになった胸板《むないた》に手を這《は》わせると、賢吾が「くすぐってえ」とまた笑う。

「こうして笑えて、幸せだな」

「そうだな」

「賢吾が無事で、よかった」

「……そうだな」

　あの時は助かってよかったという安堵《あんど》が先だったが、時間が経《た》つごとにその気持ちが大きくなっていく。生きててよかった、賢吾が。

「お前の隣《となり》に立つって大変だな」

「怖気《おじけ》づいたか？」

「……なんていうか、この状況《じょうきょう》が怖いとか死にたくないとかいうよりも、お前が死ぬかもしれないって何度も思わされるのが、心臓がいくつあっても足りないっていうか……」

　なるべく軽く聞こえるように。はは、と笑えたつもりだったが、自分の耳にもそれはひどく乾《かわ》いて聞こえた。

「俺は、死なねえよ」

「いつでも自信満々なんだよなあ、賢吾は」

「何かあっても、お前が助けてくれるんだろ？」

「……助ける。絶対に」

　賢吾の胸元《むなもと》に手を置く。どくり、どくり、と心臓が動いているのを感じる。賢吾が今生きている。それを感じさせる拍動《はくどう》。

「お前の俺だから、大事にしろよ？」

「それはこっちの台詞《せりふ》だよ。俺のお前なんだから、大事にしてくれないと」

ちゅっ、ちゅっと唇《くちびる》を賢吾の胸に触《ふ》れさせる。そのまま腹まで滑《すべ》らせて、下着から硬《かた》くなり始めたばかりのそれを取り出し、先端《せんたん》にも口づけた。

「今日は大サービスだな」

「俺のお前だから、可愛《かわい》がっておこうと思って」

むちゅっと口いっぱいに頬張《ほおば》る。賢吾を気持ちよくさせるのは嫌《きら》いじゃないけど、これは決して得意ではない。賢吾の大きなそれは、佐知の小さな口では持て余す。それでも、佐知は丹《たん》念《ねん》にそれを愛撫《あいぶ》した。

「……っ、ふ……」

「上手だな、佐知。飲みたいか？」

横に首を振《ふ》ったのは、嫌《いや》だからではない。もっと賢吾を感じさせて、気持ちよくさせたかったからだ。

手を賢吾の陰茎《いんけい》の下に這わせる。

「……っ」

玉を優《やさ》しく握《にぎ》ると、賢吾がひくっと腰《こし》を浮《う》かせた。じゅわっと先端から苦いものが溢《あふ》れてくる。賢吾が感じているのが嬉《うれ》しくて、佐知はじゅぶじゅぶと唇を動かした。

そんな言葉を言うくせに、賢吾は佐知のすることを拒否《きょひ》しない。大抵《たいてい》いつもセックスの時の主導権は賢吾にあるけれど、時々こうして佐知が主導権を握った時には、賢吾は佐知のなすがままだ。そういう、対等な賢吾が好きだ。

自分は佐知を組み伏《ふ》せるくせに、やられる側は嫌だなんて、そんなことは言わない。たとえば今、佐知が急に賢吾を抱《だ》きたくなったとしても、賢吾は笑って受け入れるだろう。

賢吾は、男としての佐知の性を否定しない。抱きたくなったらいつでも俺を抱けと、そう言ってくれている。そういう賢吾だから、佐知も安心して賢吾に身を委《ゆだ》ねることができるのだ。

「賢吾、こっち……」

賢吾の手を、自分の尻《しり》に誘導《ゆうどう》する。聡《さと》い賢吾はちゃんと意味を理解して、上半身を起こして浴衣の中に這わせた手で佐知の下着を脱《ぬ》がせ、それから指で蕾《つぼみ》をふにふにと押した。

「ふ……っ」

今にも指が入ってくると意識すると、賢吾の性器を嬲《なぶ》る唇がおろそかになる。賢吾の指がつぷっと挿入《そうにゅう》されると、つい「ぁ……っ」と声を漏《も》らしてしまい、唾液《だえき》がつぅっと顎《あご》を伝った。

四つん這いで賢吾に奉仕《ほうし》しながら、賢吾に奥を弄《いじ》られる。奥を弄る手と反対の手に乳首《ちくび》を弄られ、触れられていない佐知の性器からとろりと蜜《みつ》が零《こぼ》れてシーツを濡《ぬ》らした。

「反則、だろ……っ」

奥まで欲しい。今すぐに。

我慢《がまん》ができなくなり、賢吾をもう一度押し倒《たお》す。抵抗《ていこう》せずに横たわった賢吾の上に跨《また》り、自ら賢吾を奥まで迎《むか》え入れた。

「……ん、ぅ……ぁ……っ」

満たされる快感に、腰が震える。賢吾の手が佐知の太ももに添《そ》えられる、たったそれだけの感触《かんしょく》にさえ負けそうなぐらい、気持ちがいい。

賢吾を奥まで受け入れて、そこでようやく佐知は自分が安心を手に入れた気がした。今この瞬間《しゅんかん》、佐知の奥で脈打つ賢吾の命のリズム。賢吾が生きてそばにいることを、強く感じる。

「もう、ずっと……ぁ……っ、こうして、たいな……っ」

「そりゃあ、魅力《みりょく》的な誘《さそ》いだな」

賢吾はそう言って、佐知の胸の尖《とが》りをぴんと弾《はじ》いた。

「ぁ……んっ、ばかっ、やめろって」

賢吾の手を叩《たた》き落とし、代わりに賢吾の乳首に佐知が指を這わす。

「くすぐってえって」

「あ……っ、そういう、わりに、中でおっきくなってるのが、あ、いる、……ぁっ」

佐知が賢吾の乳首を弄ると、中でびくびくと硬いものが更《さら》に成長する。

「そりゃあ、惚《ほ》れてる相手にこんなことされて、興奮しねえ男はいねえだろ」

「どんなのが、したい？」

「俺の願望を叶えてくれるのか？　今日はえらく優しいな」

「ちゃんと生きてた、ご褒美《ほうび》だよ」

佐知がそう言うと、賢吾はくくっと楽しそうに笑った。

「こんなご褒美をもらえるなら、意地でも死ねねえなあ」

「死なないなら、またご褒美あげる、から」

だから、絶対に死ぬなよ。佐知の言外の懇願《こんがん》に答える代わりに、賢吾は佐知の腕《うで》を引き寄せ、キスをした。

「じゃあ、お前にも生きてたご褒美をやらねえとな」

「ご褒美、くれる？」

「ああ。俺にご褒美をくれた後で、な」

じゃあ、まずは賢吾にご褒美をあげないと。

賢吾の手に誘導され、佐知が布団《ふとん》にうつ伏《ぶ》せに寝転《ねころ》ぶと、後ろからゆっくりと賢吾にもう一度挿入される。そうして賢吾の体が佐知に密着する。重さをあまり感じないのは、賢吾が肘を立てて体を支えてくれているからだ。

「これが、ご褒美？」

「まだまだ、これからだぞ？」

賢吾が露わになった佐知のうなじに唇を這わせる。舌で嬲られて尻に力が入ると、それだけでじわっと快感が体に広がった。

「あ、賢吾……動いて、ぁ……っ」

「駄目《だめ》だ、佐知。このままじっとしてろ」

「え……?」

そんなの、拷問《ごうもん》じゃないか。今すぐに激しくして欲しいのに。そう思ったが、自分は賢吾にご褒美をあげると言ったのだと思い出す。

背中に賢吾の唇がちゅっちゅっと触れる。そのたびに、更なる快感を欲《ほっ》して佐知の奥がひくひくと動いた。

「……っ、ふ……ぅっ」

声を噛《か》み殺そうとしたら、賢吾の指が佐知の口に入り込んでくる。

「我慢をするな。ゆっくり、息を吐《は》け」

「は……ふ……っ」

息を吐く。すると奥が開いたような気がして、賢吾がまた奥の奥まで入ってきた。気持ちい い。ものすごく。この後を期待するけれど、賢吾はやっぱり腰を動かさない。

「けん、ご……?」

「たまには、こうやってじっくり、お前を感じてえなって思ってな」

繋《つな》がったまま、賢吾ごと体をひっくり返される。下から貫《つらぬ》かれて、背中に賢吾を感じながら仰向《あおむ》けにされると、無防備に晒《さら》された乳首に賢吾の手が這《は》った。

「ぁ……っ」

賢吾の両手に、乳首を弄られる。いや、と両手でそれを防ごうとしたけれど、体を起こした賢吾に首筋に噛みつかれ、抵抗を防がれた。

「あ、あ、やだ……っ」

賢吾に寄り掛《か》かって座っているような体勢のまま、胸を揉《も》みしだかれる。逃《に》げようと体をくねらせると、お尻で感じてしまう。もどかしくて、気持ちよくて、ついに佐知はぐずぐずと泣き声を上げた。

「きもち、よくて、死んじゃう……っ」

「じゃあ、やめるか？」

「やだやだっ、やめない……っ、あ、やだ……っ」

賢吾に背中を押され、四つん這いになったが、それまでの終わりのない中途半端《ちゅうとはんぱ》な快感にぐずぐずになった佐知はぺしゃりと崩《くず》れ、そのまま蹲《うずくま》ってまたべそべそと泣いた。

「泣きたいだけ、泣いていいぞ」

賢吾はそう言って、そのままゆっくりと佐知を抱き始めた。ゆっくりと出ていった賢吾の硬《かた》いものが、抜《ぬ》ける寸前でまたゆっくりと戻《もど》ってくる。

「怖《こわ》かったよな、佐知。ごめんな？」

「こわ、怖かった……っ、あ、あっ、ぁ……っ」

怖いのは今のこのゆったりとした快感であって、賢吾が死ぬかもと思ったあの瞬間のことではない。絶対に違《ちが》う。だって、賢吾の隣《となり》に立つと決めたのは自分だから。あんなことで絶対に泣いたりしてない。

佐知は自分にそう言い聞かせる。

「今から恥《は》ずかしいことをいっぱいしてやる。だから、佐知はいっぱい泣いていい。恥ずかしくて泣くんだから、ここだけのことだ」

賢吾はそう言って、佐知にまた体勢を変えさせる。繋がったまま、ひっくり返され、真正面には賢吾の顔。

「ほら、佐知。ここが丸見えで、恥ずかしいな?」

「はず、かし……っ」

両足を大きく開かされ、自らの昂《たかぶ》った性器を見せつけられる。とろりと滑《すべ》った精液を指で掬《すく》って、賢吾はそこをにゅくにゅくと弄り始めた。

「恥ずかしいから、泣いていいんだぞ?」

「あ、あ……っ、やだっ、あっ、はずか……ぁっ、やだぁっ」

ぼろぼろと涙《なみだ》が零れる。こんな自分がとても嫌《いや》だ。分かっていて、賢吾に甘やかされて、結局泣いている自分が嫌だ。

賢吾に腰《こし》を突《つ》き入れられ、頭の中がぐずぐずになっていく。

「急いで強くなろうとするなよ、佐知」

賢吾が何か言った気がする。でもそれも、もう分からない。

「お前は十分、頑張《がんば》ってる」

果てる瞬間、また賢吾が何か言った気がした。でももうそれも、快楽の海の中。


「見守る……ってのも、なかなかしんどいもんだな」

泣き腫《は》らした目で眠《ねむ》る佐知の頰《ほお》にそっと指を這わせ、賢吾はため息を吐く。もう眠っているはずなのに、賢吾の指を頰に残された水滴《すいてき》が湿《しめ》らせた。

こんなに泣くほどしんどいくせに、佐知はそれでも賢吾のために頑張るのだ。愛《いと》おしさとやるせなさがごちゃ混ぜになって、その感情を逃がすためにまた一つため息を吐く。

佐知にこんな顔をさせたくない。ただ笑っていて欲しい。だから今まで賢吾はずっと、極力佐知が危険な目に遭《あ》わないように、嫌な思いをしないようにと、注意を払《はら》ってきた。

けれど、佐知の言葉で気づかされた。

『守るだけじゃ駄目だ。傷ついたって、そのお陰《かげ》で成長することだってあるだろ？ ずっと守られていたら、いつまで経《た》っても強くなれない。いつでもお前が守れる訳じゃないんだから、自分自身が強くなることだって、大事なことなんだよ』

賢吾はずっと佐知を守りたいと思っていたが、それだけでは駄目なのだ、と。

佐知が賢吾の愛を受け入れてくれた時、もう死んでもいいと思うぐらいに嬉《うれ》しかった。

佐知も愛してると言ってくれた時は、一生かけて守ろうと思った。賢吾にできる全《すべ》てで、佐知を守ると、そう思った。

けれど、佐知は賢吾の予想を飛び越《こ》えて、自分も賢吾を守ると言った。それは比喩《ひゆ》でも何でもなく、佐知は本気でそう思っていて、そのためにそれまでの信念も曲げて、護身術を習い始めたりして。

佐知は、賢吾のために強くなろうとしている。ずっと賢吾の隣にいるために。

そのために自分ができることは何だ。佐知の意志に反して佐知を守り続けることか？

そう自問自答して、賢吾は決めたのだ。

結局、賢吾は佐知のためなら何でもする男だった。たとえ自分自身の心が引き裂《さ》かれそうに辛《つら》くても、佐知がそう望むなら、それを叶《かな》えるのが賢吾なのだ。

佐知が強くなりたいと、そう望むなら、賢吾はそれを見守るしかない。

だから、危険と分かっていても佐知の望むままにあの場所へ連れていった。おそらく佐知が怯《おび》えるであろうことを承知で。

「……結局、怖かったのは俺のほうだったな」

汗《あせ》で張りついた前髪《まえがみ》を掻《か》き上げてやると、ぐずるように「うぅ」と唸《うな》ったが、佐知はすぐにまた深い眠りに戻っていく。

あんな場所に佐知を連れていきたくなかった。ライフル銃《じゅう》の着弾《ちゃくだん》の音にあれほどの恐怖《きょうふ》を感じたのは初めてだ。一発でも佐知に当たっていたらと、そう思うだけで今も胸が苦しくなる。

「心臓がいくつあっても足りねえっての。分かってんのか、お前」

露《あら》わになった額をぴんっと弾《はじ》く。佐知は嫌そうに眉間《みけん》に皺《しわ》を寄せた後、何故《なぜ》かふにゃっと表情を崩した。

「けんご、すき……」

「……っ！」

不意打ちで心臓に打ち込まれた言葉の弾丸《だんがん》に、賢吾は思わず「くそっ」と呟《つぶや》く。

「ちょろい男だよ、俺は」

その言葉一つで、どんなことでもやれてしまう。どんなに辛くても、怖くても。

佐知が寝息《ねいき》を立てるたびに動く胸に、賢吾はそっと唇《くちびる》を落とす。

「愛してるんだ、佐知」

肌《はだ》に唇が触《ふ》れ、その熱を感じた瞬間《しゅんかん》、賢吾の胸の奥からぐっと感情が溢《あふ》れ出した。

「……っ、生きてて、よかった……」

ぽつっと一粒《ひとつぶ》だけ佐知の肌に落ちたものを、指で拭《ぬぐ》う。

そうして賢吾は、この世で一番大事なものを抱《だ》きしめて眠った。その胸の鼓動《こどう》を確かめながら。


「ほら史、マリアにバイバイして」

史とマリアとの別れの日。迎《むか》えに来た健太にマリアを引き渡《わた》した史に佐知がそう声をかけると、史はぐっと唇を噛みしめてから言った。

「うん……。まりあ、ばいばい」

「わんっ！」

「近所なんで、またいつでもマリアと遊んでやって」

健太の言葉に、史がぱっと表情を明るくする。

「いいの？」

「もちろん。マリアが北斗さん以外に懐《なつ》くなんて初めてなんだよ。だってマリア、俺の言うことも全然聞かないんだ」

「え？　まりあはすごくいいこだよ？」

「わん！」

マリアはそう返事をしたが、さっきからずっとリードを持つ健太を引きずり回している。史といる時は、絶対に引っ張ったりしなかったのにもかかわらず、だ。

「まあ、あれがマリアの愛情表現ってことなのかな？」

「お、さすが。ツンデレ仲間の気持ちはよく分かるってやつか？」

「お前、ほんとぶん殴《なぐ》るぞ？」

佐知は賢吾の脇腹《わきばら》を肘《ひじ》で思い切りついてから、門のところにこそこそと隠《かく》れている男に声をかける。

「ところで山田さん、そんなところに隠れて何をしているんですか？」

「え？　あ、いやいや、別れの時間を邪魔《じゃま》しちゃいけないなあと思ってな」

見つかったら仕方がないとばかりに、山田は頬をかきながらこちらにやってきた。

「邪魔だなんて、そんな。山田さんにはやらなきゃいけないことがあるじゃないですか」

佐知がにこにこ顔を向けると、山田がぼそっと賢吾に向かって呟く。

「可愛《かわい》いだけのお姫《ひめ》さんじゃないって、ちゃんと教えといてくれよ」

「何のことだ？」

賢吾には山田との約束の件を話していないので、意味が分からないと眉間に皺を寄せたが、佐知はお構いなしで山田の肩《かた》を叩《たた》いた。

「もちろん、逃《に》げたりなんかしないですよね？　まさか警察が嘘《うそ》を吐《つ》くなんて――」

「わ、分かってるって！　ちゃんとそのつもりで来たから！……え、えーと、こほんっ……実はおじさん、史君に嘘を吐いておりまして」

山田が姿勢を正して史に話しかける。

「うそ？」

「えーっとだね、この家で面倒《めんどう》を見てもらえないなら、マリアを保健所に入れるしかないとか何とか言って、その……あれだ、とにかく！　ここでマリアを預かってもらって史君のお父さんを今回のことに巻き込みたくて、史君に色々と嘘を吐きました！　本当にすみません！」

「ぱぱをまきこむために、うそをついたの？」

よく分からないと首を傾《かし》げる史に、山田の代わりに佐知が説明をする。

「……じゃあ、まりあのいばしょがなくなっちゃうかもしれないっていうのはうそだったってこと？」

「そう、なりますね」

眉間に皺を寄せて腕組《うでぐ》みをしている子供の目の前で、いい年のおじさんが縮こまっている姿は何となくシュールだ。

「やまださん、けいじさんなのにうそつきなの？　うそつきはどろぼうのはじまりってことば、しらないの？」

「いや、あの、その……嘘にも悪い嘘といい嘘っていうのがあって――」

「今回のは、間違《まちが》いなく悪い嘘ですよ」

佐知が山田の言い訳を容赦《ようしゃ》なく切り捨てると、山田はしゅんとなって「すみません」と頭を下げる。

「やまださん、はんせいしてる？」

「もちろん！　こんなことはもう二度としない！」

「おい史、騙《だま》されるなよ。こいつは簡単に反省するような男じゃねえからな」

「おいこら東雲！　横から茶々を入れてくるなよ！」

「史、俺はね、史が許せないと思うなら、許さないままでもいいと思う」

「おいおい、お姫さんまでそんなことを言うのか⁉」

史は腕組みをしたままで「うーん」と悩《なや》み始めた。

「どうしようかなあ」

「いや、本当に申し訳なかったと思っているんだ。おじさん、どうしてもマリアちゃんの飼い主を助けたくて、その気持ちが先走っちゃってさ……っ」

「そのわりに、山田さん、俺のこと全然助けに来てくれませんでしたよね？」

「健太！　お前は黙《だま》ってろ！」

「うーん、そっかぁ、やまださん、またぼくにうそついてるのかもしれないよねえ」

「ちち、違うよ？　おじさん、本気で悪かったと思ってるんだ！」

「どうかなあ？」

史と山田のやり取りに佐知がくっと笑うと、賢吾も笑いながら「お前の仕業《しわざ》か？」と聞いてくる。

「幼気《いたいけ》な子供の心を利用した罪は、ちゃんと償《つぐな》ってもらわないとな」

「ああ。当然だな」

「てな訳で、たまにはデートでもしに行く？」

「そうだな。ちょうど、史の遊び相手もできたみたいだしな」

今日はせっかくの祭日である。佐知と賢吾は顔を見合わせ、二人で手を繋《つな》いで歩き始めた。

「おい！　お前らどこ行くんだ！　史君を説得してくれよ！」

「史、じーっくり考えればいいからな。その間、山田に遊んでもらえ。遊園地でもどこでも、好きなところに連れてってくれるぞ？」

「なっ――」

「わーい！　やったぁ!!」

絶句する山田をよそに、史は飛び跳《は》ねて喜ぶ。

「お前っ、勝手に何てことを言うんだ!!」

「山田さん、子供を傷つけた代償《だいしょう》が遊園地だなんて、安すぎるぐらいですよ？」

ばいばいと山田に手を振《ふ》って、二人はまた歩き出す。

「史は怒《おこ》るとしつこいからな。こりゃあ、今日は夜まで帰ってこねえな」

「くく、山田さん、史のスタミナに負けるんじゃないかな」

子供だからって、謝ったら許してもらえるなんて甘い甘い。山田には、史を怒らせた時の恐《おそ》ろしさを、存分に味わっていただこう。

「あー、いい天気！」

「そうだなあ」

雲一つない綺麗《きれい》な青空を見上げるだけで、今日がいい一日になりそうな気がして何だかわくわくした。

どんな嵐《あらし》の後にも、こうして青空はやってくる。

それが分かっているから、辛《つら》いことや嫌《いや》なことがあってもまた立ち上がれる。

そしてこうやって、二人並んで歩いて行くのだ。

いつだって。


そして、その日の夜。

「……ねえ、入ってもいい？」

佐知と賢吾が布団《ふとん》を敷《し》き終えたところで、枕《まくら》を抱《だ》きしめたパジャマ姿の史がやってきた。

「どうしたんだ、史」

わざとらしく賢吾がにやにやするのを、佐知は肘で突《つつ》いてやめさせる。

「あのね、ぼくね、やっぱりもうちょっと……こどもでいてもいい？」

「もちろん、いいよ」

そうして家族三人、川の字で眠《ねむ》る。

「さち、だいすき」

「俺も史が大好きだよ」

「二人共、俺のことを忘れてんじゃねえか？」

「にやにやするぱぱはきらい」

「だよなあ」

「悪かったって」

それから三人、仲良く夢を見るのだ。

ふわふわの雲の上で、アリアに報告をする夢を。

『ぼくね！　ままのゆめをかなえたんだよ!?』

夢は夢。

けれど、その夢の欠片《かけら》が、雲の上まで届きますように。

あとがき

皆様《みなさま》こんにちは、佐倉温《さくらはる》です。ここまでお付き合いいただき、本当にありがとうございます。無事に楽しんでいただけているとよいのですが、今回のお話はいかがでしたでしょうか？

今回は、そろそろ史《ふみ》くんの活躍《かつやく》を……ということから始まったお話です。史くんの成長は毎度の楽しみですが、その成長の速さを寂《さみ》しく感じることもあります。もちろんBでLな部分もたっぷり入れているつもりなので、その辺りも楽しんでいただけたなら嬉《うれ》しいです。

そして今回も新たなキャラクターが登場しております。その中でも私のお気に入りは、ツンデレマリアちゃんでした。飼い主さんにだけツンな可愛《かわい》い子です（笑）。史にとっては、初めての失恋《しつれん》（？）、ということになってしまいますが、いい女に振《ふ》られることもまた、史にとってはよい経験になるでしょう（笑）。

それから、今回は賢吾《けんご》の心境の変化にもスポットライトを当てております。佐知《さち》と史が成長していく中で、賢吾もまた、変わっていかなければなりません。愛情と信頼《しんらい》と心配の中で葛藤《かっとう》しながらも、それを表には出さずにどしっと構える賢吾を、どうか応援《おうえん》してやってください。

極道さんシリーズも含《ふく》めまして、過去作品の後日談や小話などをＴｗｉｔｔｅｒやカクヨム内の角川ルビー文庫公式ページでちょこちょこと書かせていただいております。よろしければ、そちらのほうもチェックしていただけると嬉しいです。

今作もイラストを担当してくださったのは、もちろん桜城《さくらぎ》やや先生です。表紙イラストがとても素敵で、何度も見てはにやにやしております。今作と同時期に、桜城先生が担当してくださっているコミカライズの二作目である、『極道さんは今日もパパで愛妻家』も発売される予定となっておりますが、史がもうとにかくめちゃくちゃ可愛いんですよ！　本当にいつも素敵なキャラ達を描《か》いてくださってありがとうございます！　皆様にもぜひ史の可愛さを、小説でもコミカライズでも堪能《たんのう》していただけたならな、と思います。

そして、担当様には今回も大変お世話になりました。担当様の助言があったお陰《かげ》で、当初より賢吾の男前度が上がったのは間違《まちが》いありません（笑）。いつも長々とお付き合いさせてしまって申し訳ないんですが、私が納得するまで何度でも一緒《いっしょ》に悩《なや》んでくれること、本当にありがたいと思っております。どうかこれからも、お付き合いいただけますように。

最後に、この本を手に取ってくださった皆様。いつも本当にありがとうございます。皆様の応援があってこその、極道さんシリーズです。悲しい時、しんどい時、寂しい時。一冊の本が与《あた》えてくれる時間が、心の慰《なぐさ》めになることを知っています。どうかほんの少しでも、この本との出会いが皆様の心を温かくする時間になりますように。

それではまた、次の作品でお会いできることを願っております。

二〇二一年　九月　　　佐倉　温

極道《ごくどう》さんは見守《みまも》り上手《じようず》なパパで愛妻家《あいさいか》
佐倉《さくら》 温《はる》

角川ルビー文庫 22937

2021年12月1日 初版発行

発行者――青柳昌行
発 行――株式会社KADOKAWA
〒102-8177 東京都千代田区富士見2-13-3
電話 0570-002-301(ナビダイヤル)
印刷所――株式会社暁印刷
製本所――本間製本株式会社
装幀者――鈴木洋介

ISBN978-4-04-112042-2 C0193 定価はカバーに表示してあります。

KADOKAWA RUBY BUNKO

角川ルビー文庫

いつも「ルビー文庫」を
ご愛読いただきありがとうございます。
今回の作品はいかがでしたか？
ぜひ、ご感想をお寄せください。

〈ファンレターのあて先〉

〒102-8177 東京都千代田区富士見 2-13-3
株式会社KADOKAWA
ルビー文庫編集部気付
「佐倉 温先生」係